Lessons
from Movies

Lessons
from Movies

Lessons
from Movies

Lessons
from Movies

解憂電影院

那些電影教我的事

用一場電影的時間，改寫你我的人生劇本

水尢、水某——著

推薦序

哈囉，請問是解憂電影院嗎？

SKimmy（知名兩性 YouTuber）

現在是凌晨四點，我人在倫敦，我的好閨蜜（她正在這城市攻讀碩士）在我旁邊睡得打鼾。

萬籟俱寂，我翻完《解憂電影院》的最後一頁，外頭是偶有車過的英國街道，日子彷彿濃縮成一部英倫影集的模樣。

「解憂電影院」，我彷彿能想像它如果存在於實體世界中的樣子。

應該是在某個文教區不起眼的小巷弄裡面，想要到達這裡，你得先經過咖啡館、賣著鬆軟剛出爐麵包的糕餅店、一些門口擺著盆栽的民宅，然後，「解憂電影院」就在那裡。

巷子深處，小小一塊招牌，店面也小小一個，神奇的是不管什麼時候去，你永遠都是唯一的一組客人。

身為電影院主人的那對夫妻，人稱「水ㄤ」、「水某」（有夠親切！）的兩人之一會出來歡迎你（因為兩人同時出來會讓已經有些憂愁的你平添壓力）。

「你好，請坐、請坐，今天有什麼心事呢？」

你在靠窗的小圓桌旁坐下，將你的煩惱娓娓道來，然後，接待你的水ㄤ或水某會沉吟半晌，轉頭向後面被亞麻門簾遮住的房間喊道：「親愛的，那部□□替客人準備一下！」

而你這時才見到夫妻中另一位親切的臉，對方應了一聲，笑著探出頭來朝你說道：「這是部好電影呢，你會喜歡的。」

他開始在裡頭的小放映廳忙進忙出，而陪你聊心事的那位會用全然了解而包容的溫暖姿態對你說：「在這之前，讓我來告訴你一些關於這部電影的、啟發人心的二三事吧。」

水ㄤ和水某說：「希望徬徨困惑的你，在別人的故事裡，能夠找到靈感與力量，並且記得——你所遭遇的，別人也走過。我們並不孤單。」

一直以來，我對電影的看法也是這樣，藉由他人向你訴說一個故事，你能夠用第三人稱，或更純粹的第一人稱角度來看待某些雷同的生命經驗。

當我對優雅霸氣的性感女角色心生嚮往，當我對受挫的英雄角色感到心疼焦慮，當我看著失去珍寶與安身之所的孩子痛哭流涕……觀影時那些因劇情而生的情緒，都幫助我們認識自己更柔軟、更真實的那一面。

走進解憂電影院吧，當你推開水尢和水某的門，門上的風鈴會叮噹作響，那些有關生活、學業、愛情、工作、人際、青春或深沉的煩惱，都將在水尢與水某推薦給你的客製化好電影中，看到一絲溫暖的、令人泫然欲泣的曙光。

推薦序

寫給問事者的電影情書

吳曉樂（作家）

從小到大，閱讀不同報紙或刊物，最喜歡一種「問事」（advice column）的專欄。讀者小心翼翼地提出他們生活上所遭遇的處境，由作者給予方向。

這種專欄有趣的地方在於，人們把他們的生命史切出一個面向來，放在如同載玻片的專欄上，作者則像個訓練有素的研究員，釐清問題，緊接著進行分析，最終提出可能性和判斷。

但，這本《解憂電影院》在陪你梳理煩惱的過程中，還多了幾份小紅利。一來，作者是一對夫妻，很符合我們問事時喜歡多重比對的精神，多一個人，多一項觀點，感覺也多一些保障。我尤其欣賞書中也收錄他們寫給彼此的問和答，這是你在個人專欄難以見識的精彩局面，回答問題的兩人，原來也會不安、心有徬徨。

再來，讀者將發現到，水尢和水某的人生中也各自經歷了一些挫折，在職涯和感情上，他們並非水到渠成，而是反覆地調整心態，適應局勢變化。偶爾也有氣餒與挫敗的時刻，這也增添了他們建議的說服力，畢竟，摔過跤的人，與毫髮無傷的人，我們似乎更渴望來自前者的聲音。

最後，他們所回饋的一切，不會只完成於這幾百字的文字或數分鐘的影片，最終讀者仍被賦予一項任務：把自己帶到電影的面前，深刻浸潤在劇情、聲光與演員的表現之中。若我們見證主角經歷著跟我們類似的考驗，無論他採取了怎麼樣的行動，又，他的行動是否召喚出良好的結果，那都不是最要緊的。關鍵應在於，我猜也是這本精緻的、掌上型電影院想傳遞給讀者的信號：你並非孤獨地承受著人生的風暴。

創作者之所以費盡心思，將一個故事搬上大銀幕，無非是他們有信心，這樣的故事能遇到與之共鳴的觀眾。而水尢、水某像是居中的擺渡人，把你從此岸送到彼岸，一邊搖槳一邊說起他們的閱歷。當船緩緩靠岸，書頁輕輕闔上，而光線漸漸暗掉，屬於讀者的探索與思辨正要開始。

推薦序

在倉惶的人生裡，揀一部電影陪你

海苔熊（心理學作家）

以前我常常在想，究竟是我們需要電影，還是電影需要我們。後來我終於慢慢明白，其實電影和人類，是「互利共生」的個體。人生太大、太複雜，太多我們無法從現實生活當中獲得的答案，需要電影提供我們抒發和慰藉（有些心理治療也會採用電影當作療癒的媒介）。然而電影也反映著現實世界當中的各種起伏與觀點、舊時代的品味和集體記憶、能夠被大家接受和不能夠被大家所接受的事情等等。正因為我們的人生和電影就像是鏡子的兩面，互相回應著彼此，所以當我們面臨人生的種種挫折時，從電影中「別人的故事」裡，也能看見自己的影子。從英雄原型的角度來看，幾乎每部電影都在講述一名英雄遭逢困境與面對困境的過程，而認同這部電影的人，勢必也從電影中看到自己目前的人生課題。

從第一本開始，我就一直推薦身邊朋友到現在，「那些電影教我的事」的作品也堂堂邁入第五集。這次相較於之前有個更大的突破是，水ㄤ、水某不只是講電影裡的故事，也書寫讀者的故事，以及自己的故事。透過三個層次、三種故事的交織，我們看見不論是戲裡戲外，每個角色都有他們的恐懼，也有他們難能可貴的勇氣；每個渴望被愛的人都同時害怕受傷害；所有的夢想裡都蘊含著徬徨。而這一次又一次的看見，或許還沒有辦法解決來信者的人生問題，但光是他們發現這世界上不是只有我一個人會痛苦、猶豫、進退兩難、自相矛盾，這樣一種「我不孤單」的感覺，就能夠成為他們繼續往下，挑戰人生的力量。

跟以往一樣，每個故事前面都有一句「金句」，如果你光讀句子本身，會覺得如同心靈雞湯，但如果每個句子後面都穿插兩、三個和這個句子有關的電影與故事，它就不只是一碗湯而已——而是一句可以讓你握在手心、越過人生困境的護身符。

例如「不要為了得到幸福，就急著結束單身。」讓你想起《徵婚啟事》裡面總是等待，卻總是因為找上門的人不符合期待而感到無奈的女子，她真正的困境不在於遇不到對的人，而在於不相信自己可以遇到對的人。又如「每個人面對現實的方法都不一樣，有的人逃避，有的人抵抗，有的人只是需要時間慢慢說服自己接受。」這句話，當你再看過《從前，有個好萊塢》裡面那個經歷人生大起大落的瑞克・達爾頓（Rick

Dalton），會發現其實這就是人生，練習放下與接受，反而是自我成長的開頭。

書裡還有很多類似的例子，看完電影的你，可能忘記大部分的情節，但從這本書中，可以帶一個句子走，這個句子就像是一把鑰匙，方便你提取那些印象深刻的畫面。有了這把鑰匙，那些你以為窮途末路的困局，很可能因為一句話、一部電影，甚至一封來信、一則感同身受的建議，引領你走向柳暗花明。

從翻開這本書開始，寫下屬於你的人生故事。

推薦序

人生很難，還好有電影

歐陽立中（Super 教師、暢銷作家）

我在高中教國文，電影是課堂中最棒的助教。比方我教墨子的「兼愛」，孩子們笑墨家傻，我於是請他們看電影《墨攻》。看完後，他們眼神轉為敬重，突然明白墨家不傻，他們有能力，但選擇了善良。所以，身為一位國文老師，看電影成了我的備課日常，我總在電影的海邊徘徊，做一個撿拾貝殼的孩子。有時，靈感滿載而歸；有時，也會空手而還。

可是後來，隨著事業忙了、孩子有了，好好看場電影成了一種奢侈。電影太多，時間太少，我們再也沒有空手而還的本錢，每次看電影，都希望能在電影中得到些勇氣，好讓我們迎接這個蒼涼的世界。

是的，人生很難，還好有電影；挑電影很難，還好有水尢、水某。

面對粉絲來信的生活煩惱，水ㄤ、水某選擇推薦一部電影給他們，因為一部電影，勝過千言萬語。有時，我們以為自己的煩惱像是天塌下來般令人絕望，但回頭看完電影，才發現那些煩惱早透過編劇的筆、導演的鏡頭、演員的真情，給了答案。答案不一定適合你，卻讓你知道，你並不孤單，那就夠了。

這本《解憂電影院》，正是水ㄤ、水某集結你我的煩惱，然後用他們對電影的洞察與感悟，給了我們一道出口。

像是正在求學的你，迷惘了。他們從《錄取通知》告訴你：「學習的目的不在服膺世俗價值，而在找到你的熱情。」水ㄤ還爆料了自己被退學的經驗，卻在挫敗裡發現自己的熱情所在。

像是正想談場戀愛的你，卻苦無對象。他們從《徵婚啟事》告訴你：「當你不再執著沒談過戀愛這件事，自然就會有人喜歡自在瀟灑的你了。」是啊！心心念念求來的愛情，可能不是愛情，只是渴望被愛。

像是正為事業衝刺的你，卻不知如何拿捏家庭。他們從《高年級實習生》告訴你：「我們都有夢想，卻總是為現實妥協。但幫助我們在兩者間找到平衡的，永遠是那些愛我們的人。」水ㄤ、水某還加碼分享他們經營粉絲團的兩難抉擇，一個離職全心經營粉絲頁，另一個繼續在工作裡追尋夢想。

巴布．狄倫（Bob Dylan）曾說：「有些人在雨中領悟了什麼，但有些人就只是被淋溼了。」電影也是，有些人在電影中領悟了什麼，但有些人就只是看完了。水尢、水某的《解憂電影院》，讓你不只看完電影，也能悟出道理。

人生的確很難，但慶幸的是，我們都是這部電影的主角，結局由自己決定！

解憂電影院

自序

我們的故事

從二〇一二年成立「那些電影教我的事」到現在，我們已經收到兩千多封讀者來信。剛開始，來信者大多詢問某些主題的電影建議，例如失戀的電影有哪些，或有關教育的片單有哪些。漸漸地，這些問題的描述變得愈來愈詳細，許多來信者甚至把我們當成了一個信任的對象，將他們生命中無人可問或不敢問的問題，都鉅細靡遺地告訴我們。

在這上千封的來信中，我們發現大家的煩惱不外乎是學業、工作、自我、人際關係等面向，其中，感情問題更是占了大宗。在徵得同意後，我們便保留來信者的煩惱，並書寫「回信」發表在社群平台上，好讓其他有難言之隱的人也能夠得到一些啟發。這樣的作法，無意之間讓每一篇回信的貼文成為一個交流的平台，也讓有類似經驗的熱心讀者們能夠提供一些意見、互相打氣鼓勵。

當我們第一次聽說日本小說家東野圭吾的《解憂雜貨店》時，就被書中「幫人解答難題」的設定給深深吸引，讀完之後更想起我們所回覆的每一封信與每個受苦的心靈。被《解憂雜貨店》感動的我們，也期許自己能像浪矢爺爺一樣，長年堅持地讀信、回信。溫暖地陪伴著來信者。於是我們決定把這個推薦電影、回答讀者來信的單元叫做「解憂電影院」，也是在向這本書致敬。幾年過去了，直到現在，這已經是我們每週固定會發表的內容，也往往是獲得最多迴響的文章。

我們並非專業諮商人員，來信內容也僅提供了一部分的視角，所以我們從不貿然給予答案或方向。我們想先讓來信者知道，他並不孤單，有人願意傾聽他們的煩惱，並且藉由一部電影、一個角色、一句話語，甚至一個提問，讓他們暫時能喘口氣、不再鑽牛角尖。

我們一直深信電影中的人生起落總能帶給我們許多啟發，即便是同一部作品，每個人的解讀與感受都大不相同，或許我們這麼喜愛電影的原因，就是因為總能在其中投射自己，沉澱過往的足跡，窺見未來的影子。

所以，我們提醒自己，要如一部好電影般，不要輕易地給出一個答案，更要藉由傾聽與分享，來刺激更多的對話與理解。這也是我們持續書寫「解憂電影院」的初衷。

當然了，這樣的出發點，的確讓我們覺得回信是個不小的責任，甚至時常會像浪矢爺爺一樣，擔心自己到底有沒有幫助到來信者？會不會影響了別人的生活？但回想起過去七年的心路歷程，我們寧可選擇鼓勵大家說出心聲，也不要因為害怕責任而遺忘了我們的初衷：藉由電影啟發人心。過去，也有許多收到回信的讀者，在過了一段時間之後，再度來信向我們道謝，並告知近況，這也成為了支持我們繼續下去的動力。

我們在這本書裡精選出五十個困擾最多讀者的煩憂，在結合了百部電影裡蘊藏的智慧與啟發之後，以我們兩人自身的人生經驗，來提供一些新的視角。希望徬徨困惑的你，在別人的故事裡，能夠找到靈感與力量，並且記得——你所遭遇的，別人也走過。我們並不孤單。

歡迎走進，解憂電影院。

目錄

放映時刻表

第二場

關於感情——走進影廳，遇見愛情

第三場

關於工作——看見幕前，想想幕後

第四場

關於人際——我亦是你生命中的演員

第五場

關於自我——

翻開人生劇本，寫下屬於我的故事

第一場

關於學業——

這張電影票，究竟會帶我去哪裡？

小小的一張紙，上面寫著電影名稱與上映時間，
就像青春時期的學業，不同的科系與課別，
等著我們前去探索。

被安排好的未來

對一場不滿意的人生，你只有兩種選擇：
強迫自己接受，或說服自己改變。

——《口白人生》

You can only do one of two things to an unsatisfied life:
force yourself to accept,
or convince yourself to change it.

—— *Stranger than Fiction*, 2006

親愛的水ㄤ、水某：

我是一個高中生，就快要畢業了。面對大學的選擇，希望你們能聽聽我的煩惱。

我的爺爺是一位很有名的醫生，爸爸和兩個叔叔也都是醫生，幾個堂兄弟姐妹不是已經當了醫生，就是正在讀醫學院，所以我一直覺得從醫是理所當然的事。直到最近開始在想，自己真的想當醫生嗎？還是只因為家人都這樣期待，而我也沒有想過其他選項，所以就順理成章地等著當醫生？

我試著問過我爸，如果不當醫生的話，他會怎麼想。他反問我，如果不當醫生的話，我要幹嘛？我自己想了很久，我不討厭醫生這個職業，甚至也以家人為榮，可是我很不喜歡自己的人生都還沒開始，就好像已經注定了一樣。請問你們可以介紹一部能幫助我思考這問題的電影給我嗎？

親愛的你：

我們推薦給你的電影，是我們都很喜歡的一部喜劇《口白人生》。

哈洛（Harold）是一名國稅局的員工，總是過著非常精準、一絲不苟的生活。每天幾點出門、幾點回家，每次刷牙要刷幾次，哈洛都很執著地要按照計畫來。這樣的生活卻在某天開始改變，哈洛開始聽見耳邊有人口述著他的一舉一動，不只描述著他正在做的事，也會預測他的未來，甚至是預告他的死亡。

原本凡事都不想要改變的哈洛，在被預告死亡之後害怕不已，但也因為不甘心自己的命運就此被決定，決心重新檢視自己的人生，並且嘗試改變它。最後雖然付出了一些代價，但成功改變命運的哈洛，再也不會害怕嘗試，從此過著完全不同的人生。

水ㄤ在今年初的時候參加了一場座談會，主持人問：「如果你遇到了十年前的自己，你覺得他會問你什麼問題？」當時水ㄤ回答：「他應該會問我，為什麼可以過得這麼隨性？」

在把經營粉絲頁當成職業之前，水ㄤ跟許多人一樣，都認為人生應該要按部就班，好好地讀書考試，考上好大學，進到大公司，娶個好老婆，買棟好房子，就會是個好人生。但十年過去了，水ㄤ發現自己根本沒有按照這個計畫走，卻依然覺得自己的人生非常美好。雖然我們在做的，不屬於任何「傳統」的職業，也沒人能告訴我們該怎麼做、要往哪走，但正因為我們得替自己做出每一個選擇，所以不管結果是好還是壞，我們都非常樂在其中。

之所以推薦這部電影給你，主要是覺得你心中所害怕的，其實和電影中男主角所遇到的情況有些類似。你認為自己的命運已經被注定了，日後看來只有一條路可以走，就像哈洛聽到耳邊的旁白敍述著他的一舉一動般，自己彷彿沒有任何決定權。但事實卻剛好相反，你絕對有改變自己命運的能力。

不妨先和家中每一位成員聊聊，問問他們當初想要從事這門職業的原因。或許爸爸和叔叔們是受到爺爺的影響，那爺爺呢？他應該有不同的原因了吧？在得知他們的原因後，好好消化一下，再想想自己是為了什麼。而當你經過這樣的思考之後，不管結果如何，都會是出自你自己的決定，而不是什麼注定的命運。

我們無法告訴你當醫生是不是一個好決定，這只有你自己才知道；但我們要告訴你，選擇是握在你的手上的。**如果不滿意人生，卻又無法強迫自己接受，那就試著改變吧。**

同場加映

《我和我的摔角家庭》*Fighting with My Family*, 2019

既然要去的地方不同，又何必在意別人走的是哪條路？

There's no need to care which path others take because you all have different destinations.

選錯系了怎麼辦？

寧可感受真切的現實，
也不要留戀虛幻的假象。

——《巴黎電幻世代》

I'd rather face the harsh reality,
than to dwell in a false fantasy.

— *Eden*, 2015

嗨，水ㄤ、水某：

研究所放榜後，雖然考上了，但我卻不開心。當初報考研究所是為了多一個漂亮的學歷。因為我覺得這會影響到之後工作的起薪和升遷的機會。雖然對這個系所不是沒興趣，但最近反而有點排斥去上課，我有點訝異，也在想自己是不是壓根兒不適合在這個領域發展，因此正準備再多考一些證照。

老實說，大學四年來，我覺得自己只是盲從，不知道想要什麼，對於所就讀的系所也沒什麼期待。一開始覺得不太對勁，但當時也不知道要轉去哪個科系，於是就這樣一路拖到畢業。也或許那時還有社團、系學會、系隊可以玩，所以時間很快就過去了。

但在研究所中，很多研究都要自己做，也不是能像以前一樣混過去。現在的我突然對於未來很迷惘，卻又不敢跟家人說我真實的心聲，他們若知道，一定會很生氣。

親愛的你：

我們推薦的電影是《巴黎電幻世代》。

保羅（Paul）從學生時代就接觸電子舞曲，他與朋友合組了一個ＤＪ樂團，希望能闖出一番事業。但十幾年過去了，保羅從一開始在夜店闖出一點名聲，有機會邀約國外歌手，自己也能出國表演，到後來只能在一般人家的泳池派對演奏，最後還淪落到在塞納河畔的船上，為稀稀落落的聽眾伴奏。他一直期盼爆紅的機會，卻不斷被市場淘汰。接連失去了好幾個女友，也染毒欠債，讓家人擔心。他不禁懷疑自己的逐夢之心，難道是錯的？這十幾年的青春就這樣付諸流水……

推薦這部電影不是要表達「追求夢想」是錯的，而是要提醒你，勇於想像的同時，也要顧及現實狀況，才能築夢踏實。保羅堅持的DJ工作並沒有錯，他錯在太遠離現實。搖滾曲風一直都很多變，創作者不斷更迭，帶來更多元、更新穎的流行，這是事實；但他總是堅守自己熟悉的曲風，沒有注意到外界的變化與趨勢。同時，他也讓自己停留在同溫層，與朋友們互相取暖，終究染上毒癮。無心在自己的經濟與未來規畫上努力，拖欠了一屁股債的他，總是寄望於下一場大型表演、再多一個機會，去彌補眼前的大洞。

保羅沉溺於「總有一天會輪到他」的虛幻假象中，卻沒有積極爭取、與時並進。終究在失去財產、青春、健康與情人之後，才被外界強迫面對現實，辛苦而無奈地工作。

我們看到你的虛幻有可能是「盲從」，因為聽說學歷、證照會影響薪水，為了安全感，不得不去追求這個美好的假象，因為這是最容易的事。就像保羅一樣，他相信的成功，就是某天突然爆紅；而你想要說服自己的，就是只要做了某件事，就可以暫時安心，不會對不起任何人。

時間多麼殘酷，十幾歲、二十歲時，茫然無措，過著交差了事的人生，沒多久，就來到三十好幾，壓力更大，期待更多，感覺自己選擇更少。等到四十、五十歲，還會因為上有老、下有幼而變得更加無奈。這一生就這樣過去了。

我們在這裡說的「真切的現實」，就是去勇敢面對自己的迷惘無助、不知道未來要做什麼的事實。然後用負責任的態度去體驗、探索，與關心自己的人溝通，而不是躲到社會虛幻的期待中，來欺騙自己的心。

同場加映

《龍虎少年隊：童顏巨捕》*22 Jump Street*, 2015

若是不肯作出改變，就不要一直抱怨。

Stop complaining if you're not willing to make any changes.

老是自我懷疑

若不想失去選擇人生的自由，
就要有挑戰命運的勇氣。

——《二十行不行》

Find the courage to fight
if you don't want to loose the freedom to choose.

—— *Twenty*, 2015

水尢好、水某好：

我還在就學，一直都知道自己不是個聰明人，也沒什麼自信。但我想我很有自知之明吧，所以會特別努力。現在也正在實踐出國念書的夢想。

一個人在外的日子並不好過，不管是語言能力，或對於學科專業的理解，甚至是不太適應國外的教育風格，這些對我來說都是難以克服的挑戰。

除了擔心沒辦法順利完成學業，時不時還會懷疑出國的決定是否錯了。我一直都期許自己要成為一個「有選擇」的人，能夠選擇自己的未來，為家人選擇更好的生活。但在這痛苦的過程中，我開始不斷質疑自己真的能做到嗎？現在連能不能順利畢業都是個問題了！

親愛的你：

我們推薦的電影，是由韓國當紅影星姜河那、金宇彬、李俊昊所主演的《二十行不行》，而這部電影的編導是《雞不可失》的導演李秉憲。他的作品之所以這麼引人發笑，就是因為他對人生的觀察很細微，在「不上不下」的心路歷程中，加上些許誇張的呈現方式，讓觀眾很有共鳴。

故事敍述三名高中同班同學，因為不約而同地喜歡上同一個女生，意外成為形影不離的好朋友。高中畢業後，其中一人考上大學，乖乖念書，因為個性內向溫和，遇到不合理的事或是喜歡的學姐，只敢在酒醉後吐露心聲，或是暗自幻想戀情。另一人畢業後整天窩在家發呆，無所事事，整日上夜店搭訕女生，誤打誤撞發現自己對拍戲與「壞女人」的熱愛。還有一人家境貧困，只能不斷打工養家，因為經濟壓力而無法追尋對於漫畫的熱愛，也不敢談戀愛。

在滿二十歲的當下，他們三人開始體會到人生的酸甜苦辣，看見未來的無力與迷惘，這些都讓他們對於成長感到害怕。有一幕，他們一夥兒醉醺醺地問餐廳裡的老闆大哥，難道這就是「大人們」要承受的苦嗎？大哥只能老實地說：「這還只是開始，以後還有更多更慘的事情會發生呢！」無可奈何的他們也只能邊走邊調適，跌跌撞撞地攜手成長……

其實，你的擔憂，水某完全能感同身受。在二〇〇六年離開人人稱羨的外商工作，前往英國攻讀行銷碩士時，水某承受了極大的壓力。因為一年內就要完成學分，課程與報告排得特別滿；也因為學校是英國少數的研究型機構，產學合作計畫特別多。除了自己埋頭苦學以外，還要參與許多小組活動與競賽，心理壓力不小。一向很有信心的自己，卻在英國到處丟履歷、面試失敗後，才發現很多事情並不如想像中美好。

當時，水某跟水ㄤ的感情也不順遂。水ㄤ一直對於水某選擇到英國念書，不去加拿大讓兩人可以在一起而耿耿於懷（當時水ㄤ定居在加拿大），也因為遠距離而產生許多信任問題。這些都發生在一年多的時間裡，讓水某不斷地自我懷疑。

當年一直以為留學是自己的夢想，但現在回過頭，才發現年輕的自己或許只是想要逃避。逃離紛亂的家，逃離在工作上的沒自信，希望隻身一人在陌生的地方想清楚自己是誰、目標為何。這代價真的很高，除了貸款出國，回來時還碰上了金融海嘯，大概拖了一年都找不到工作。

回想當時的自己和現在的你，與電影中的三人都有著同樣的心路歷程。但會後悔當時出國的決定嗎？絕對不會，反倒慶幸那時對夢想的「莫名堅持」，讓水某開了眼界，看清楚自己，也磨練了心志。即便回國的一開始好像更不順遂，但拉長時間來看，那絕對是一段珍貴且不可取代的時光。若晚個幾年，或許羈絆就會更多。

我們每天都得在不同的選擇中度過，但我們往往會因為不願承擔後果而不去做決定；或是做了決定之後，又後悔當初的選擇。其實，我們或許該調整自己的出發點：不是選擇一條比較輕鬆的道路，而是選擇最符合當下目標與動機的一條路。這樣一來，當這條路出現障礙時，自己才會有動力去清除它，而不是猜想沒選到的另一條路可能比較好。而且也應該要在一段時間過後，回頭審視自己的目標與動機是否改變了？是否也該要跟著改變選擇？

你還年輕，就很有自覺，所以別擔心，現在經歷的懷疑都很正常。就算再怎麼堅定的人，私底下也會有著同樣的遲疑。先別太過緊張，好好享受這可以盡情探索的年歲，不然在遲疑中度日，習慣了之後，可是會讓未來的自己更不敢挑戰命運喔！

同場加映

《豪門保姆日記》*The Nanny Diaries*, 2001

有的人被人生改變，有的人選擇改變人生。

Some people are changed by life;
some people choose to change their life.

畢業後，何去何從？

如果人生是迷宮，心就是地圖。
心愈堅定，路愈清楚。

——《紐約哈哈哈》

If life is a maze, then your heart would be the map.
The steadier your heart is, the clearer the path.

—— *Frances Ha*, 2013

親愛的水ㄤ、水某：

我有一個煩惱，老是覺得自己不太有主見，上了大學後好像變得更沒想法、更不會念書了。好幾次逼著自己念書，可總是堅持沒多久就半途而廢。或許我不是讀書的料吧，只是渾渾噩噩地過日子，找不到人生方向。

高中時和老師聊過後就填了現在的系所，都快畢業了，仍然對所學的科系沒什麼熱情。不過若要轉換跑道，有太多現實層面必須考量，想到畢業後可能會遇到的種種問題，甚至一輩子是不是就只能這樣下去，就讓我陷入了低潮……

親愛的你：

《紐約哈哈哈》是一部很特別的黑白電影，女主角法蘭絲（Frances）是由好萊塢文青女神葛莉塔．潔薇（Greta Gerwig）所飾演，而她也是本片的編劇之一。

二十七歲的法蘭絲是一名舞者見習生。與閨蜜住在一起的她，最愛的時光就是和閨蜜抽菸、聊是非。就算有男友，也不過是勉強在一起，找到機會就談分手。在工作上沒有目標、沒有壓力，只是等待著有天能夠正式登台表演，成為名副其實的舞者。

天真又神經大條的她，就在閨蜜訂婚並搬出公寓之後，隨便找了幾個室友暫時分租住處。不僅與好友愈來愈疏遠，接踵而來的，還有工作上的挫敗。因為表現散漫，使她總被上司當作備案，即便主管好意安排了行政工作，她仍然一事無成。而且不太懂交際的她，接連碰壁，甚至還因為羨慕別人出國旅遊，一時興起就花了大半積蓄跑到巴黎玩，搞得自己精疲力盡。

你在大學時遇到的迷惘是很自然的，許多人出了社會後好幾年，都可能還在為這些問題煩惱，但恐怕沒有人能為你解答，因為你必須先省思自己的位置、自己對於幸福的定義是什麼，才能漸漸摸索出可能的方向，並且隨著自己成長，彈性微調。

不知道是不是巧合，水某和法蘭絲一樣，也是在二十七歲，獨自一人在英國念書時，才摸索出自己身在何處、想要去哪、怎麼達到自己的理想。那時候的自己，雖然沒有法蘭絲這麼喪志，甚至在外商公司工作了幾年，才確定自己對行銷專業的興趣，但著實硬著頭皮扛了一百多萬的貸款，隻身前往英國。更慘的是回來那年就遇到了金融海嘯，許多公司紛紛裁員，就算拿了碩士文憑也找不到工作。

在這麼淒慘的情況下，水某梳理了自己的價值與人生目標，試著傾聽內心的聲音，才慢慢有個雛形能夠去探索。當時水某便決定回到前公司的原職位，用新人的心態做一樣的事。被旁人嘲諷「何必要花錢出國？回來還不是做同一份工作」時，卻因此獲得了更多注意與機會，一肩扛起兩人份的工作。一年後，水某在公司成功內轉，拿到夢寐以求行銷副理的職位，提前完成夢想！

如果人生是迷宮，心就是地圖。而心中的地圖不是一出生就有的，而是在跌跌撞撞中一筆一畫描繪出來的。別急，讓旅程在你眼前慢慢延展開來，細心品味路過的風景事物，這些可是未來的你會回味不已的寶貴時光喔！

同場加映

《畢業生》*The Graduate*, 1967

自己的問題，往往只有自己才能解決。

Often times we are the only ones who can solve our own problems.

水丸也想問

留學的建議

不必向不值得的人證明什麼，
生活得更好，是為了你自己。
——《托斯卡尼豔陽下》

There's no need to prove anything to anyone;
it's your own life that you should be improving.
—— *Under the Tuscan Sun*, 2003

欽，水某：

我真的很欽佩你可以拋下一切（包含拋下我），自己一個人去英國留學。想到你瘦瘦小小的拖著行李上下飛機，獨自搬進宿舍、省吃儉用，緊張地上台用英語簡報，一定很辛苦！但同時也很羨慕你有過這樣的經驗。

我們之前說過，我一直很嚮往去法國學料理，在當地待個一年，體驗留學生的生活。你會給我和其他想要出國念書的讀者什麼樣的建議呢？

嗨，水ㄤ：

我也不是專家啦！而且若要跟你解釋，太花時間，還是你帶我去比較快！不過如果能夠回到過去，給自己建議的話，應該會是這三點：

第一、選對標的。也就是先確認好自己出國的動機與目標是什麼，才能知道自己要去哪裡？就讀什麼樣的學校？當時的我因為對行銷特別有興趣，夢想能夠為一個具有啟發性的品牌做行銷。於是便從各大學校中，找出最有產業觀點的學校，而且就只申請這一間。不過，即便自己在出國前在知名公司做過兩年的行銷，發現自己的知識量僅限於通路，的確對於品牌的生成與經營架構不甚了解，完整的基礎還是在留學的那一年建立起來。等到回來繼續從事行銷工作，的確更融會貫通了。

常有人問要先進職場或是先進修？我覺得各有各的好，其實沒有一定的順序。先進職場的好處是能測試自己有興趣的領域，再回頭進修時，會更珍惜進修的時光，且更能觸類旁通；但先進修，帶著清楚的知識架構進職場，一開始會比較有自信，視野也比較清楚。所以真的要看自己的狀況而定。

第二、調整期待值，並接受各種可能性。隻身在外風險特別高，什麼事都會出錯，所以除了計畫好備案，也要調整自己的心態，別太理想化，不然把寶貴的時光浪費在「失落」上，就划不來了。我在開學前一個月先去加拿大找水尢，想說這段時間學校應該就可以確認我的宿舍套房了，但沒想到開學前一週到校，舍監才跟我說宿舍臨時有狀況，最後只能借住在其他同學的房間裡。帶著大包小包的行李睡在別人家地板，不敢採買日用品，真的有夠彆扭。但也因此讓我更快融入學校的團體，交了幾個外系的朋友。所以就算遇到了狀況，也要記得讓自己抱持更開放的心態去面對喔！

第三、享受每個當下，並為自己做記錄。這點對於當時二十七歲的我，還真做不到。一開始煩惱宿舍問題，後來又煩惱語言與課業問題，同學約去歐陸玩又有預算問題，快畢業了又擔心論文寫不出來，要回國了擔心找不到工作……要是能重來，我一定會讓自己專注在當下，並好好記錄下來。而這個記錄不是要做給別人看的，是要留給未來的自己，留下珍貴的足跡。

而這一年多的感受很像是電影《托斯卡尼豔陽下》的主角法蘭西絲（Frances）經歷的，她是美國舊金山一名成功的作家，看來生活美滿，卻因為離婚而變得頹廢沮喪，在前往義大利托斯卡尼度假後，發現了一幢待售的別墅，就在當下，她衝動地買下房子，決定留在異地生活。

可以想見，毫無準備的她，吃了非常多苦頭，但知道自己得藉由離開來揮別過去、展開新人生。她很清楚當時的自己沒有更好的選擇，於是聘請一群波蘭移民來裝修別墅，並嘗試新的料理方式、學習新的語言以融入當地生活。以往的種種不快，也在她專注於新的生活方式之下，似乎不再重要。

不過在異鄉獨自生活，絕對沒有想像中浪漫。法蘭西絲買下新居的第一晚，就經歷了一場狂風驟雨，看到洗衣機被雷打到炸裂，床邊還藏了一條蛇。當年在宿舍失眠了好一陣子的我，完全可以體會她的慌亂與害怕。看著搖搖欲墜的百年老房，整修費用不斷攀升，沒有工作的她，只能想盡辦法另找出路。她也害怕，若是犧牲了這麼多，還不能換回自己想要的人生，日後的她還有什麼機會呢？

初來乍到時，她曾許下一個願望，希望這個家會有個主人，有個幸福的家庭與孩子的笑聲。本來以為在異鄉會有豔遇，嫁個好男人，為他生下孩子。沒想到最後卻是自己的好友懷孕，來到這裡生下了孩子，而自己則成長為一個獨當一面的女主人。換個角度看，法蘭西絲的確實現了她當初的願望。

而我在英國一年多的留學生活，支撐了我後來多年的工作動力，只要憶及身在校園、宿舍裡的感受，就會回想起當時的初衷，沒有那一年的時光，我不會這麼確定自己的人生方向。所以，還是很慶幸當初選擇隻身前往英國。

下個目標，希望可以「陪」水ㄤ你去法國學料理喔！

同場加映

《愛在他鄉》*Brooklyn*, 2015

只要不是你想要的，再好也無須留戀。

Never hold on to something just because you are having a hard time letting it go.

水某也想問

求學時的低潮

有些人因為看不清路，所以選擇原地踏步；卻在一成不變裡，慢慢迷失了自己。

——《錄取通知》

Some people stand still when they can't see the path,
but are still lost by not making a move.

——*Accepted*, 2006

親愛的水ㄤ：

既然我們都寫到有關「學業」的篇章了，而我自己在學業上從來沒有過什麼豐功偉業，是不是可以請你分享一下你在大學被「退學」的故事呢？好讓我們大家笑一笑，也學個經驗呀！

嘿，水某：

唉，我本來以為我可以到死都不用公開這個祕密的，不過要是我的故事可以幫助到有類似經驗的人，那也算值得了！

我大學一年級的時候被退學過，連續兩個學期平均成績都低於百分之四十（GPA不到一．六）。但其實我從小到大都挺會讀書的，小學拿過全校模範生，研究所還拿過獎學金喔！可是回想被退學的那段時光，我真的不知道自己在幹什麼。

我們那個時代長大的人，最常從父母或長輩那裡聽到的叮嚀，就是要好好念書，長大才能當醫生、賺大錢。我自己的兩個表姐就是醫生，而且還是長春藤名校哈佛和史丹佛畢業的高材生！雖然我的父母從來沒有給我壓力，但我還是能感受到隱約的期待，也因為當時不知道自己想做什麼，大學選系的時候就選了「生物化學系」，想看看有沒有機會擠進醫學院之類的。

然而，才開學不到兩個星期，我就發現自己一點都不喜歡讀生化，每個科目幾乎都是用硬背的，根本談不上理解。不出所料，在掙扎了兩個學期之後，我就被殘酷地淘汰了。

我從這段經歷學到最重要的事，就是要找到自己的熱情。因此後來當我看到《錄取通知》這部電影的時候特別有感觸。

巴特比（Bartleby）是個茫然的高中生，申請大學時被所有學校拒絕，完全不知道自己畢業後要怎麼辦。最痛苦的是來自父母親的壓力。而他與幾個好友都遇到同樣的難題，因為社會上普遍認為沒有進大學就完蛋了，日後人生的路一定很難走。

於是，這幾個所謂的「魯蛇」決定要做點什麼。他們乾脆找了一間廢棄的建築，改裝成一間理工學院，並藉此欺騙父母與以前的同學們，自己是有被學校錄取的。沒想到無意間卻吸引了上百個和他們一樣沒有大學念的高中生蜂擁而至，要求來到這間假大學上課。

因此，巴特比與一群好友一路上被逼迫著要不斷精進這間假學校，甚至在優化當中，發現了自己辦學的興趣，也真的從「使用者」的心態來思考到底教育是什麼？學生們需要什麼？大家又對什麼才有熱情與興趣？就這樣，一間假大學，居然蛻變成一間人人稱羨的合格大學。

當然，這部電影誇大了很多的事，但是我覺得它還是很真實地傳達出「熱情」對一個人的重要性。**當我們對一件事有熱情的時候，不只會自動自發地投注更多的心力，即便遇上挫折，也不會輕易地放棄，而這點也是讓一個人能夠成功的關鍵！**

同場加映

《志氣》*Step Back to Glory*, 2013

對於熱愛的事絕不要輕言放棄，堅持或許會痛，但更痛的是後悔。

Never give up on what you love; persistence can hurt sometimes, but regret is even worse..

第二場

關於感情——

走進影廳，遇見愛情

「走進影廳」或許會遇到美好，
或許會落下眼淚，但就與感情一樣，不親身體驗一回，
如何感受到那種無可言喻的酸甜？

等愛好難

幸福不能和愛情劃上等號，
不要為了得到幸福，就急著結束單身。
——《徵婚啟事》

Love doesn't always mean happiness;
never rush into a relationship just because you want to be happy.
—— *The Personals*, 1998

親愛的水ㄤ、水某：

我從來沒有戀愛過，曾經努力改變現狀，逼自己外向一點、用交友軟體，甚至參與許多活動。但每次認識新朋友時，我都很怕告訴對方我沒有戀愛經驗，甚至年紀越愈大我越愈不敢告訴別人，擔心對方會覺得我一定有什麼問題。即使打開心房和陌生人聊天，最後也還是不了了之。

在人來人往的環境中，孤單一人的感覺令人身心疲累。看到別人成雙成對，我真的不懂，為什麼我就是找不到對象呢？

親愛的你：

你的故事，讓我們聯想到一部很特別的電影，是由台灣作家陳玉慧記錄徵婚過程的小說所改編的《徵婚啟事》。

女主角杜家珍是個眼科醫師，在歷經感情失敗之後，登報徵婚：「生無悔、死無懼，不需經濟基礎，對離異無挫折感，願先友後婚，非介紹所，無誠勿試。」

在面談過程中，她像是面試官一樣質問著每個來會面的男人：「為什麼想結婚？

你怎麼知道我是對的人？」

她用這樣的方式來排解鬱悶，卻也在與幾十位相親對象的互動中，變得更不相信愛情、更不肯放下過去。而這些對象，不管是在愛情中身經百戰的，或是從未戀愛過的，他們都將自己當作商品一般地推銷。他們把一切的幸福寄託在愛情中，甚至，只是在婚姻裡。當被質疑時，他們只能不斷地自圓其說——只要找到對象，自己就會幸福。

經營一段關係真的非常辛苦，很多時候你看到的幸福伴侶，背後其實有著許多不為人知的苦衷。你相信嗎？幾乎所有已婚的人，一定會在某些時刻希望自己是單身且自由的（沒錯，水某就常有這樣的時刻……）。但這並不代表婚姻是錯誤的，只是說明了**單身與已婚各有各的幸福之處，而幸福感並非建立在任何前提之上**。

現在的你，等愛雖然很徬徨，但卻自由無比，不需要耗費心力去應付另一個人的情緒與需求，大部分的時間都屬於自己。或許利用這段時間先學會接受自己，並培養自信；當你不再執著於「沒談過戀愛」這件事，自然而然就會有人喜歡上這個變得自在瀟灑的你了。

對了，以前好像沒有透露過，其實水某的初戀就是水ㄤ，認識當時水某也已經二十六歲了，在那之前還常常參加聯誼，也常被問到戀愛經驗，自己沒想太多，也都很自在地承認沒有戀愛經驗，當下反而引發了更多話題。所以這也不一定是件壞事喔！

同場加映

《愛情計時器》TiMER, 2012

你或許寂寞，但並不孤單。這世上還有很多人和你一樣，
正在等對的人走向他們。

You may be lonely, but you're not alone.
There are many like you who are waiting for the right person to come.

該怎麼說出愛？

最大的幸福，是當你發現自己愛上了一個，
一直默默愛著你的人。

——《艾蜜莉的異想世界》

The happiest thing is finding that you've fallen in love
with someone who has been loving you all along.

—— *Amelie*, 2001

水ㄤ、水某你們好：

我喜歡同年級的一個男生。

我覺得他的行為舉止很成熟，也很有才華，跟別人都不一樣，雖然平常的我不太會主動找他聊天，但是也跟他出去過幾次。

聽說之前有人向他告白失敗了，讓我開始遲疑，不知道該怎麼表達自己的感覺。

希望你們可以給我一些建議，因為我真的沒辦法下定決心！

親愛的你：

我們推薦的電影是《艾蜜莉的異想世界》。

小女孩艾蜜莉（Amelie）的童年是在孤單與寂寞中度過的。八歲時被誤診出有心臟病，使得她被剝奪了與同齡夥伴一起玩耍的樂趣，只能任由想像力無拘無束馳騁，藉此打發孤獨的日子。一直緊閉心門的她，其實很渴望人與人之間的擁抱與關愛。

有天因為一時心血來潮，艾蜜莉幫助了一名眼盲的老人，獲得莫大的成就感與感動。從此，艾蜜莉決定模仿「蒙面俠蘇洛」，默默地行俠仗義，為人們帶來歡樂與希望。

但後來她才發現，其實最大的挑戰不是幫助其他人，反而是幫助自己勇敢敞開心門表達愛，以及接受愛。

告白這件事的目的，不應該設定為「要對方答應與自己在一起」。因為有著太嚴厲的期待，導致「表達愛與欣賞」這件事，反倒令雙方都感受到巨大的壓力。可以試著轉念去想——若今天告白不預設前提，而是純粹想要讓對方知道她或他有多好。相信不僅告白的人會輕鬆許多，被表白的人也會感到很窩心，變得更有自信，同時也不會煩惱要怎麼回應才不會讓對方尷尬了。

當然，在一般人的觀念尚未完全改變之前，難免還是會想顧及自己的面子。如果是這樣，《艾蜜莉的異想世界》或許可以給你一些告白的靈感。

誰說告白就一定是要當面說出口或是寫在紙條上給對方呢？當你的告白前提已經轉換成「純粹想要表達自己的欣賞之意」，那就不一定要在某一個指定場合或時機點去講這件事呀。或許多製造一些互動的機會，在每次輕鬆的對話裡，讚賞對方的好，讓對方感受到你的友善與熱情，在愈來愈熟識的情況下，自然不怕沒機會說出你的心意。況且，就因為愈來愈熟，趁此機會更了解你心儀的對象，也是一件好事。

說不定，你也會像艾蜜莉一樣，最後才猛然發現，原來，對方也一直對自己有好感呢！

同場加映

《從好久以前就喜歡你》*I Want to Let You Know That I Love You*, 2016

不勇敢說出心裡的話，就不能怪別人不懂你的感受。

You can't expect others to understand if you don't tell them how you really feel.

我們，漸行漸遠了……

兩個陌生的人能相愛，很甜；
兩個相愛的人變陌生，很苦。

——《初戀時光機》

It's sweet to see two strangers become lovers;
it's heartbreaking to see two lovers become strangers.

—— *Time Freak*, 2018

想問水ㄤ、水某：

我與交往幾年的女友變得沒有話題，現在相處時，雙方都在比誰更沉默，好像是很親近的陌生人，每天大概就只剩下制式的問候。

就算會互動，但並不是真的聽進去對方所說的話，更不用說能夠取得任何共識。我漸漸地發現，就算自己再怎麼熟悉這個人的生活習慣、言行舉止，但老實說我並不熟悉她的想法。我害怕她不再是我以前認識的那個人，這樣還能繼續下去嗎？

親愛的你：

在電影《初戀時光機》裡，史提曼（Stillman）是個熱愛物理的宅男，他與初戀女友黛比（Debbie）在親密交往一年之後，宣告分手。史提曼被分手後，不斷地回想分手當天的對話，他怎麼樣都無法理解，到底是什麼原因讓黛比鐵了心想要離開自己？

於是，不甘心的史提曼日以繼夜地發明了一台能夠穿越時空的機器，並且畫了一張鉅細靡遺的交往時間軸，在裡面標示出兩人相處時，他印象中曾發生過的爭執點。他穿越時空回到每個當下一一校正，讓自己務必順從黛比的心意，不惹她生氣，然後再看看是否能成功扭轉分手的宿命。

在好不容易改動了一連串的事件之後，他才成功留住黛比，兩人也因而展開了在一起的新人生，並且讓黛比能夠做自己喜歡的自由音樂創作。但史提曼漸漸發現，不管自己怎麼順著黛比的意，她卻總是悶悶不樂，甚至還有一次有感而發地問他，為什麼兩人交往多年，卻從來沒吵過架？黛比認為自己就是因為這樣而感到不開心。

後來我們才知道，多年前史提曼成功留下了黛比之後，他還是習慣用穿越時空來校正所有不愉快的狀況，就連烤焦火雞也要穿越時空來挽救。在不斷地積累之下，兩人缺乏實質的溝通，且史提曼等於變相地操控黛比，讓她缺乏犯錯、嘗試的空間，人生完全按照史提曼想要的「一切順利」方向來安排。

能長久的感情不是不會變，而是會隨著你們的改變一起成長。人都會改變的，就算他和以前一模一樣，現在的你也不一定會喜歡他，因為你也早已經不是以前的你了。

在感情中，我們所要追求的應該是一個人從一而終的性格本質，但會隨著歷練而逐漸成熟並且發展出具彈性的適應力。或許因為太過熟悉對方原本的樣子，以及一成不變的相處模式，而產生了預設立場，在缺少溝通的情況之下，就讓雙方變得更加冷漠了。

就像史提曼一廂情願地粉飾兩人的衝突，使得以禮相待的兩人，心的距離更加遙遠。實際上磨合的過程才能讓兩人看清楚這段感情的問題，以及協調出雙方都可以接受的方式。也就是說，感情之中的衝突其實是健康且必要的。

我們結婚八年，認識對方超過十二年了。截至今日，參與了彼此三分之一的人生，最精彩、最精華的時光都是與對方共度。在過去十幾年，我們一起聚焦在共同目標的同時，也會時不時停下腳步看看彼此。一個累了，另一個就陪著、哄著，拉對方一把；一個走太快，另一個就出聲提醒是否走在正軌之上。兩人都會意識到這段關係隨著我們走到不同階段而改變，也就不會老是拿往事來埋怨對方，或是訂下不合理的期待值。總而言之，兩個相愛的人，若能一起成長，才走得長遠啊！

同場加映

《丹麥女孩》*The Danish Girl*, 2015

我並沒有變，你只是從來就不認識真正的我。

I didn't change; you just didn't know the real me.

害怕抉擇

不管等得再久，
也無法在沒有愛的地方找到愛。

——《愛與別離的夏威夷》

No matter how long you wait,
you just can't find love where there isn't any.

—— *Love and Goodbye and Hawaii*, 2018

親愛的水尢、水某：

我們分分合合好多次，現在處於一種會聯絡但不熱絡的狀態。

我因為他改變了好多，但一直以來的溝通問題，讓我們爭吵不斷。現在保持一點距離，也不知道我們之間算是什麼關係？我們僵在那裡，若有似無的感情真的很詭異。

或許之後就順其自然慢慢淡掉，不然，還能怎麼樣呢？家人與朋友都以為我們還在一起，每次問我，我也只能支支吾吾地隨便應付幾句……

但是，每當想起往日的甜蜜時光，還是會覺得心很痛。該怎麼辦才好呢？

親愛的你：

《愛與別離的夏威夷》是一部很特別的日本電影。

主角凜子與阿勇兩人已經分手許久，但他們發現繼續當好友，甚至是室友也還不錯，至少再也不會吵架，還能夠被最了解自己的人照應著。所以他們就繼續同住在一個屋簷下、一起運動、一起吃飯……

兩人的朋友與家人們都以懷疑與詫異的眼光看著這段關係，但凜子卻總能找到不同的藉口，拖延「搬出去」的這項選擇。直到有天，她要前往夏威夷參加友人婚禮，意外發現有人喜歡著阿勇，而且兩人很有可能在一起，她才趕忙拖著行李搬走。

這對凜子來說，似乎是一個轉捩點，迫使她不得不去面對現實，以及這個活在拖延病中的自己。同時，這也將她推向另一個從不敢想像的未來，那就是生命至此開始沒有阿勇的陪伴了。在電影中，她終於意識到——需要著阿勇的自己，就像是一張CD需要一台CD播放器一樣；當阿勇升級成iPod時，她這張CD已經沒有用了。不同步的兩人，就像是不相容的電器，再怎麼樣都無法繼續。

一直以來，個性優柔寡斷的凜子，在生活中對許多事都抱著船到橋頭自然直的隨性態度，總是習慣拖到最後一刻，再來想辦法。多年嚷嚷要減肥的她，隨心所欲也不忌口。為了去夏威夷參加婚禮並上台表演，才臨時抱佛腳開始節食，意興闌珊地練著草裙舞。如果一開始，阿勇沒有要帶女朋友回家的話，或許兩人還真的就這樣繼續「當室友」下去，甚至，搞不好在家人相逼之下，也就順其自然地走入禮堂了。

對凜子來說，面對現實很痛苦，不管是減肥，還是分手，對我們來說何嘗不是呢？**雖說不再愛了很痛，但也因為這樣，才會逼迫不同步的兩人下定決心去邁向各自的人生旅程。**

此後，你不一定就能找到真愛，但至少能肯定的是，再來幾次，天也不會塌下來，你也一樣能夠重新站起，再去愛，並從一次次的傷痛當中，更理解自己的本質，與適合自己的愛情。

有時候，時間就像是一把雙面刃，能幫我們解決問題，卻也會製造更多問題。而能夠掌握這把雙面刃的人，只有我們自己。

同場加映

《前男友行不行》*The Wedding Guest*, 2017

無法從中學到教訓的錯誤，是注定會被重複的。

Mistakes are meant to repeat themselves if the lessons cannot be learned.

三角習題

面對事實，
就是說服你的心去接受
那些你早已經知道的事。

——《誰先愛上他的》

Facing the reality means convincing your heart
to accept the things you already knew.

—— *Dear EX*, 2018

嗨，水ㄤ、水某：

不久前，我喜歡的男孩與他相戀多年的女友分手了。一開始，他也只是抱著交朋友的心態跟我互動，但這段時間我們愈走愈近，自然而然地就在一起了，我不知道他是出自於孤單，還是真的喜歡我才選擇和我在一起。

老實說，一開始他對我還不錯，但在一起後，我感覺到他的熱情慢慢減退，而我也愈來愈不安，會不斷猜想他和前女友現在的關係？他的心裡是否還有她？不過我現在也不知道該給他時間整理上一段感情，還是順其自然比較好？

親愛的你：

我們推薦的電影，是由《我們與惡的距離》的金鐘編劇呂蒔媛所撰寫的作品《誰先愛上他的》。

女主角劉三蓮的丈夫宋正遠生病過世了，當她在找丈夫遺留下來的保險金時，發現這筆錢居然早已指定要給一個陌生的男人，阿傑。

兒子呈希與三蓮都很驚訝，也很傷心，隨著母子倆愈演愈烈的爭吵當中，我們才發現，原來阿傑是正遠的「小三」。三蓮無法接受丈夫生前劈腿，死後居然還背叛家庭，將唯一留下的遺產指名送給小三，於是歇斯底里地去阿傑的住處與工作場合大鬧，試圖將這筆保險金要回來。

即使如此，三蓮仍不好過，兒子離她愈來愈遠，最後居然跑去小三的住處待了下來。隨著劇情推進，我們才明白，阿傑與正遠本就相愛著，是正遠在無奈之下選擇離開阿傑，走入婚姻。而正遠直到生了一場大病，才聽從自己的心，選擇去找回自己的最愛。原來，先愛上正遠的，是阿傑。三蓮才是當年的小三。

糾纏在感情中的三個人，每個人都有自己的無奈之處，在無法滿足自己的期待與安全感之下，只能追求自己能掌控的事，例如對方的實際陪伴、口頭承諾，甚至金錢與物質補償。但這些都無法解決深植在內心中的不平，若其中一人不在人世，對於留下來的人來說，更是難以釋懷。

在正遠離世後，留下來的人都在混亂之中學習和解與道別，於是我們看到三蓮著魔似地追著保險金，因為她將保險金視為正遠曾經愛她的證明；兒子呈希則躲進父親生前駐足的屋子，藉由這個地方以及與阿傑的互動，去更理解父親一些些。而阿傑則是藉由在工作上的最後一場表演，來紀念他與正遠的感情起點。他們三人用截然不同的方式來面對現實，也在吵吵鬧鬧的意外之中幫助彼此走出逝去的傷痛。

感情中熱情逐漸消退，其實是正常的。若你自覺對男友的前任有這樣的心結，男友也尚未走出陰霾，或許給彼此多一些時間，用讓他感到舒服的方式一同回顧過往這段感情。**時間不一定能幫我們解決問題，卻能讓它不再那麼重要。或許兩人也會在對話當中找到各自解脫的靈感。**

送走一段感情，有些人需要時間，有些人需要轉移注意力，也有些人用盡了氣力反抗在眼前的事實。慢慢來吧，給這份感情多一點耐心。

同場加映

《七月與安生》*Soul Mate*, 2016

有時候一個人的一聲再見，
卻帶走了另一個人的全世界。
Sometimes a simple goodbye from someone
can mean the end of the world for another.

無法走出失戀傷痛

「希望」不要等人給你，
更不要讓人拿走。

——《失戀33天》

Don't wait for others to give you hope,
or let them take it away.

—— *Love is Not Blind*, 2011

水尢、水某你們好：

最近我的女友提出分手，但我們不是不愛對方了，是因為她太忙碌，無法分出時間給我。

但我太了解她，知道她並不是變心或不愛了，只是不願意我浪費時間等她。其實不一定要見面，每天簡單的問候就是我最大的幸福。我該怎麼讓她知道我不在意等多久，只是不想讓我們彼此後悔這個決定呢？

親愛的你：

我們想先道歉，你的問題，我們沒有答案……

愛情是這麼的「個人又主觀」，我們無法告訴你該走或該留，這是你自己得要做的決定。在所有的愛情關係裡，除非你自願，否則沒人能逼你走，因為當你對他仍有情感，就算人不在他的身邊，你的心也還是在他身上，那你就等於永遠都停留在這段感情中。同樣地，**也沒有人能夠強留住任何人，因為當心不在了，就是不在了。就算援引了再多的理由，少了一個人的心，這份愛就無法成立。**

在電影《失戀33天》裡，或許你會從女主角黃小仙身上得到一些靈感。這個率真的女孩，個性有稜有角，還有個愛情長跑七年的男友陪在身邊。她從未覺得這段感情有什麼不對勁，直到有天她到百貨公司跑公差，才撞見了男友與自己的好友出雙入對。在晴天霹靂之下，小仙開始了她的療傷過程。她不斷回想自己與前男友之間的往事、兩人的相處經過，藉由自我反省去理解自己在這段關係中是否做錯了任何事，但也在反省過後重新建立自信，用健康開放的心態去面對單身，甚至下一個對象。

你如果還愛著，那就鼓勵她也勇敢起來，只要相愛，兩人就能一起克服困難。若她不願意，愛情畢竟不是一個人的事，你可能需要慢慢想通不在一起的可能性。把幸福的主導權握在自己身上，就不需要等待、也不用害怕失去了。

在愛情裡，我們永遠都有「選擇權」；**而擁有選擇權的意思，就是積極地做出決定，而非將希望寄託在他人身上。**

我們參與過許多人的失戀，當事者幾乎都會歷經否認、憤怒、討價還價、憂鬱、接受的「哀傷五階段」（Five Stages of Grief）。不一定會按照順序出現，有時候複雜的心理狀態可能一次經歷各種情緒浪潮。即便看到有人故作歡樂，卻也可能只是轉化了他憤怒的情緒。

其實這些情緒轉變都是很健康的抒發方式，也會讓自己更加成長堅強。只要有自覺，不讓自己沉溺在其中，相信多年後回首這段時間，也能夠對那個遍體鱗傷的自己輕聲道謝。因為，在感情中，**不是只有奮戰到底才叫做堅強，有時成熟地昂首離開也是。**

同場加映

《健忘村》*The Village of No Return*, 2017

很多往事你放不下，是因為回憶裡的人你忘不了。

The reason you can't let go of the past
is because there are people who you can't forget.

遠距離戀愛

距離，
無法分開兩顆真正在乎彼此的心。
——《愛上觸不到的你》

Distance can never separate two hearts
that really care about one another.
—*Five Feet Apart*, 2019

哈囉！水ㄤ、水某：

我和女朋友是在海外認識，當時我們只有幾星期的時間相處，沒多久我們就決定在一起。

到了各自回國的日子，本來以為再也沒有機會見面，但我們決定嘗試遠距離戀愛。我們說好輪流去各自的國家陪伴對方，一開始都沒問題，但後來我們發現這太勞民傷財了，所以我決定搬去她的國家長住。然而過程中要適應的面向太多，在生活上也容易出現摩擦，況且我也很想念自己的家人。

不過，若要回到以前分隔兩地的狀態，我真的不知道能不能再承受思念的痛苦，不知道你們有沒有什麼建議呢？

親愛的你：

說到遠距離，這就是我們的專業了！

有好幾部描述遠距離愛戀的電影可以推薦給你，不過，先讓我們介紹一部不是真的談遠距離戀愛的電影，但主角們卻也承受著比遠距離戀愛更痛苦的關係，這部電影是《愛上觸不到的你》。

十七歲的史黛拉（Stella）和威爾（Will）在同一間醫院接受治療，同為「囊狀纖維化症」患者的他們特別感同身受彼此的處境，不知不覺之間深深愛上了對方。但為了控制病情，兩人之間必須永遠相隔五呎之遙，否則可能會因感染而喪命。

這種不能觸碰彼此的寂寞，讓初嘗戀愛滋味的他們備感痛苦。其中有一段劇情就是叛逆的兩人，決定要握在撞球桿的兩端約會，雖然只有五呎，但對他們來說，就算只縮短一點點的距離，都很幸福。

水某跟水ㄤ在認識七天後，就分隔兩地，水ㄤ回加拿大，水某留在台灣。隔年，水某去英國念書，水ㄤ去美國出差。兩年好幾地的遠距離，讓我們一度想要放棄。我們對遠距離的心得是：**對兩人的未來要有共同的決心，規畫好兩人的終極目標是什麼，有張藍圖在眼前，即使頭幾年很辛苦、很迷惘，不過為了眼前的真愛，也是值得的。而在這過程中，別忘記「信任」與「適時的讓步」是很重要的喔！**

另外，我們也推薦《真愛零距離》和《愛瘋了》，這兩部電影，都在描述遠距離的酸甜苦辣，有好的結果，也有令人心碎的結局。但不管怎樣，看看別人的故事，或許就可以想到屬於你們自己的方法了。

同場加映

《真愛零距離》*Going the Distance*, 2010

真愛就算不能待在身邊，
仍會找到方法永遠陪伴。

True love always finds a way to be with you
even when it can't stay by your side.

愛情中的替代品

離開的人或許不會再回來，
但留下的人還在等待你擁抱。

——《睡著也好醒來也罷》

Those who have left may never come back,
but you can still embrace those who stayed behind.

—— *Asako I & II*, 2018

親愛的水ㄤ、水某：

幾年前有個前男友，對我非常不好，我忍受許久之後分手了。

後來有另一位男生一直陪伴在我身邊，我也開始動搖。但在此同時，我和前男友還是藕斷絲連。

當我想清楚之後，發現自己真的很愧對陪伴在身邊的人，即使也一度分開過，但後來我們還是在一起了。

原以為一切都風平浪靜了，但沒想到，有一天他告訴我，他對以前的事還是有疙瘩，覺得我們兩個要是哪天又鬧得不愉快，我又會回去找前男友，輕易地放棄他。

我知道他的想法之後，也接受了分手，因為有著深深的罪惡感。我想他若能夠幸福，我不跟他在一起也沒關係。我相信他曾經是對的人，但我卻用了錯誤的心態去對待他，我是不是沒辦法再找到下一個能夠這樣在意我的人了？

親愛的你：

我們推薦給你的電影是《睡著也好醒來也罷》。

朝子是個表面矜持、內心卻會為愛波濤洶湧的女孩。

她因為一場攝影展認識了麥，兩人一見鍾情，陷入熱戀。但隨性不羈的麥某天不告而別，傷心的朝子搬到東京，試圖重新開始自己的人生，卻在客戶的辦公室裡意外撞見長相與麥極度神似的亮平。

個性體貼穩重的亮平，有著與麥極度不同的人格特質。一開始不知所措的朝子，與亮平發展出了穩定甜蜜的愛戀。而就在他們準備結婚同居的當下，麥出現了，朝子在衝動之下跟麥私奔。可是當兩人驅車到鄉下去看海時，朝子才突然想通，連夜趕回亮平的身邊。

亮平在憤怒之下，無法接受朝子，甚至告訴她，其實一直以來他都知道自己應該長得很像朝子的前男友，所以也一直很擔心她的心意。因此朝子的離開，讓他更難過，他曾經一度相信已經在準備新居的兩人，關係十分穩定，卻沒想到當考驗出現時，自己還是一樣，只是個替代品。

反過來說，朝子也一直以為自己愛的是麥，直到在車上發現麥與自己的互動，還是和以前一樣隨性，不像時刻貼心的亮平，才發現自己已經鑄下了大錯。

很多時候，「失去」只是為了讓你明白，生命中什麼才是最重要的。若你現在已經有這樣的體悟，那就先順其自然。如果兩人還是朋友，能互相關心，那就把握這個機會，讓他能夠重新信任自己。只要彼此還有感情，就有機會，或許只是需要多一點時間去消化了，加油！

同場加映

《比悲傷更悲傷的故事》*More than Blue*, 2018

任何因替代而生的愛，都注定會是個悲劇。

Love meant to be a replacement is destined to be a tragedy.

期待值的落差

在談愛的時候請先問問自己：
你愛上的是想像中的他，
還是那個真正的他？
——《他媽的完美女友》

Ask yourself this before you talk about love:
are you in love with someone for who they really are,
or just for who you think they are?
—— *A Horrible Woman*, 2018

嗨，水ㄤ、水某：

我與女友的感情還滿好的，但常常發現她對我的許多期待，我都沒辦法達成。

每當我有一個缺點出現時，她好像比較沒有辦法接受或包容。我還是很願意為她改變，但這些事情都慢慢影響著我，不知道在她面前是否能百分百地做自己。難道在感情中，隱藏自己的缺點是應該的嗎？還是說該要讓對方理解，那些根本不算是缺點，而是我的人格特質呢？

親愛的你：

我們推薦《他媽的完美女友》，這是部令水某看完立即向水ㄤ請求原諒的電影。

哈姆斯（Rasmus）是個開朗的大男孩，單身獨居，自由自在，時常與男性好友們開趴、看球賽。直到有一日在派對上透過朋友認識了瑪莉（Marie），兩人火速陷入熱戀，哈姆斯開心地邀請瑪莉搬進自己的住處，不料在兩人的同居生活中，出現了許多哈姆斯無法接受的摩擦。像是自己的珍藏CD被半強迫地賣掉，改放成瑪莉的書；家中的人像畫被瑪莉的抽象畫取代；想要吃肉不行，想跟朋友出門也不行。處處受限的哈姆斯覺得快喘不過氣了，居然還被瑪莉嫌棄太過懦弱，被逼急的他終於暴走！

這部電影真的很寫實，回想水某與水ㄤ的相處模式，常常有很多預設的期待，當期待與現實有落差時，心裡藏不住這些不滿，總是會很直接地表達自己的想法，然後認為對方應該要理解並加以配合，甚至還會期待對方應該要在不滿的時候直率地表達自己的想法，但殊不知等到對方說真話時，自己又會忍不住批評或感到受傷，讓對方愈來愈不敢抒發心情。累積久了，溝通就會出大問題。

在看這部電影之前，水某與水ㄤ的溝（爭）通（吵）也時常是咄咄逼人，因為覺得自己有理，所以總期待溝通的結局應該是滿足自己的需求。但是從哈姆斯的委屈中看到了水ㄤ的影子，才漸漸發現到一直自豪的理性自我，其實過於冰冷；以為最客觀的時候，通常也難免有盲點。認知到這點時，我們已經經營了七年的感情，之後水某才慢慢調整自己的期待值，並反省每一次對話時的語氣。

所以，若這段感情剛開始磨合，會感到壓抑或無法做自己，其實是很自然的。忍不住想要提醒你：未來還有更多事要溝通（或說是爭吵）呢！

現在的你，與其想辦法用說理的方式改變她，倒不如先釋出善意，做出一點點改變，並提醒她看見你的進步。適時地表達出你的無力與沮喪，她才會意識到，自己或許真的逼得太緊了。當你不再一直解釋（現在看來解釋也沒用），而是直接說你還在努力中，請她給你時間，相信她基於對你的愛，不會忍心步步進逼。

同樣的互動方式，一定也會出現在別件事情上，甚至是角色對調，這時候的你也可以點出你的想法。其實在關係中是要互相配合的，不能總是單方面要求對方去滿足自己的期待。

說穿了，最高指導原則就是「公平」，**而感情中的公平指的是「大方向」上的公平，而不是每件小事都斤斤計較的算計。**這樣一來，雙方才會有共識，在某些事上多配合一下對方，而在其他事上，對方可以包容一下自己。雙方都說清楚底線，就不會長久累積怨懟了。

同場加映

《弒婚遊戲》Ready or Not, 2019

自我的價值是發自內心的；
你若不靠別人給你，就不用怕會被拿走。
Self-worth comes from the inside.
Don't rely on others to give it you
and you don't have to worry about it being taken away.

感情中的第二次機會

不要等我流淚，你才明白我的悲傷；
不要等我消失，你才想起我的存在。

——《王牌冤家》

Don't wait until I cry before you understand my sorrow;
don't wait until I vanish before you notice my existence.

— *Eternal Sunshine of the Spotless Mind*, 2004

水尢、水某好：

曾在感情上傷害了前女友，後悔不已的我，想要挽回卻已經來不及了。她搬離我們的住處，另外找地方住下來。

其實我很想挽留她，卻不知道要怎麼開口。我們當初算是和平分手，現在也還會時常傳訊息關心彼此。我知道她仍在難過，而我也是，看得出來彼此都還有感情，只是現在保持著一些距離。

我不太會說話，但我們都很愛看電影，可不可以推薦我們一部電影，讓我們找到方式重新開始呢？

親愛的你：

我們推薦的是一部需要認真看兩次的電影，《王牌冤家》。

故事敘述害羞內向的喬爾（Joel）與前衛灑脫的克蕾婷（Clementine）在火車上相識，雖然個性上差異甚大，一種熟悉的感覺還是讓他們不由自主地被彼此吸引。原來他們並不是萍水相逢的陌生人，而是一對曾經山盟海誓的舊情人，但都已經遺忘了過去的那段感情。

過去的喬爾和克蕾婷，因為性格上的差異使感情出現裂痕，在一次激烈爭吵之後，衝動的克蕾婷決定就醫，洗去關於喬爾的一切記憶。喬爾在無意間得知此事，他傷心又氣憤，決定也前往診所，將自己對克蕾婷的所有記憶全都刪除。

在洗去記憶的過程中，需要拿出兩人的紀念品，對著錄音機仔細說明過去相處時的每個細節，不管是溫存的時光、吵架的回憶，甚至是相識的過程，好讓診所在腦中標記位置，並且在一夕睡夢中一一刪除。

喬爾在回顧這段感情時，才發現他不想失去克蕾婷，便想盡辦法把回憶中的她藏進自己的意識深處。但終究敵不過科技的威力，他只能無力地看著那些美好的回憶一點一滴地被刪除。直到這時，喬爾終於明白，**回憶時感受到多少痛，就代表兩人相處時曾有多少愛。**

同樣地，克蕾婷即便成功刪除了回憶，她在現實生活中卻變得更加空虛，就算交了新男友，卻時常不明所以地流淚。她無法理解自己低落的原因，更像是失去了什麼一樣，到處奔波，無法感到平靜。兩人都在失去對方的回憶之後，莫名地會想回到當初相識的海灘小屋裡，像是有道看不見的引力在拉扯著自己。

這部電影會需要看兩次的原因，是編導巧妙地將時間序打亂，並將兩人的現實與回憶穿插剪接在一起，所以第一次看，會覺得有點不明所以，在中途會很想放棄，甚至最後有些慌亂地看完了。但若重新再看一次，就能夠將分散四處的片段拼湊成一個美好又真實的愛情故事。

這樣的呈現手法，就像深陷在一段愛情裡，**因為身在其中，不停地被日常推進，如果沒有適時地回顧，就很容易在遇到挑戰時，想要放棄**。但若能拉開距離，重新回想，就會發現自己一路上已經忽視了許多美好，卻只看見對方不好的地方。

在電影最後，兩人都收到了診所員工為了贖罪而寄回的錄音帶，播放著對彼此的不滿言論。原本想登門道歉的克蕾婷，在錄音帶裡聽到喬爾以前所說的尖銳話語，傷心地轉身離開。喬爾不知道能說什麼，只是著急地想要挽回。

克蕾婷說：「我一點都不完美。就算現在的你愛我的一切，但以後你還是會找到理由想要分開，而且我也會對你感到厭煩，感到被你困住，就像以前的我那樣。」

喬爾聽完後只帶著無奈的微笑說：「好吧！」

這時，害怕受傷卻還是深愛對方的克蕾婷跟著破涕為笑說：「好吧？好！」兩人於是藉著自己的勇氣，贏來了珍貴的第二次機會。

如果不想要分開，那就努力走到一起；如果不想再失去，那就盡全力去珍惜吧。

「放棄」一段關係很簡單，要「放下」卻很難，學會跨越眼前的困頓，進而願意包容、接納生命中的缺陷與不完美，才是最終的課題。而願意承擔未來的挑戰，也就是為什麼「承諾」與「愛」是同樣的重要吧！

同場加映

《我們的50次初吻》*50 First Kisses*, 2018

有些事你只是想不起，但其實你從來沒忘記。

Some things you never forget;
you just can't remember them sometimes.

難以啟齒的性事問題

激情能讓一段感情開始，
但唯有愛與尊重才能讓它長久。

——《愛愛小確性》

Passion can start a relationship,
but only love and respect can make it last.

— *The Little Death*, 2015

親愛的水ㄤ、水某：

我因為信仰的關係，無法接受婚前性行為。但我遇到了一個很喜歡的對象，他認為這是男女朋友一定會發生的事情。為了這件事，我們討論非常久，結論還是不適合在一起，畢竟雙方都有自己的堅持。

分開了許久，還是會回想到以前在一起的時光。有時候，我都會自我懷疑自己當時的堅持，到底是不是對的？

親愛的你：

我們推薦的是賈許．勞森（Josh Lawson）自編自導自演的《愛愛小確性》。

這是一部故事與角色描寫都十分絕妙的電影，藉由五對男女的互動與性事，來闡述兩性間的私密關係。有享受與陌生男女調情的電愛控、只對失去意識的妻子有感覺的沉睡控、享受在愛愛時老公哭哭的眼淚控，還有希望另一半對自己來硬的被虐控，而我們想要分享的是一對性生活疲乏的老夫老妻，卻成為對角色扮演上癮的角色控！

聽完這段簡介請不要害怕，這絕對不是一部鹹溼下流的限制級電影。就讓我們來舉個例子吧。

伊薇（Evie）與丹（Dan）是一對感情不錯的老夫老妻，在生活中唯一的困擾就是對彼此失去了激情，於是在諮商師的建議之下，他們開始嘗試角色扮演。幾次實驗之後，夫妻間果真感受到重燃的熱情，感情似乎變得更加緊密。但到了後來，伊薇卻發現丹愈來愈延遲上床的時間，反而對於演戲極度上癮，除了將道具與服裝準備得愈來愈精緻澎湃之外，甚至還會糾正她的演技。丹似乎過於投入在角色當中，把兩人的性事放到了一邊。

畫錯重點的丹在伊薇的憤怒之下，才發現自己的問題——無法接受平庸的自我，自覺一事無成、沒有自信，想要藉由扮演別人來完整自己心理上的殘缺。但他過去從未意識到這點，更遑論與親密的另一半分享。這道人生課題，才是兩人一開始在性事上面觸礁的原因。

而「婚前到底要不要守貞」這件事，其實沒有正確答案。或許你可以想一想，到底信仰會這樣要求的原因是什麼？這背後的論點或價值觀是你也支持的嗎？若是，那就請堅持下去，並且闡述清楚，讓對方理解，因為這是你個人的信念與原則。他若愛你，就要尊重你，不應該「只因為這件事」就要分手。

但若你並未理解這個規範的動機與邏輯是什麼，那也就不能怪對方無法接受了。

因為，若你對於宗教的規範都是如此遵行、無法變通，這樣也會讓對方擔心，是否未來還會出現其他讓他無法理解的教條。

以前曾經聽過一個說法：「性」是上帝給的珍貴禮物，是與「愛」和「承諾」共存的，所以得要留給未來，祂幫你準備的那個人。這個說法很美，但我們對於這句話的解讀重點在於，你準備給予的對象是否已經給你「愛」和「承諾」，而「愛」和「承諾」是否等於「婚姻」，這個就要交由你來定義了。

這也呼應了電影中的提醒，重要的是眼前的這個人，彼此之間有愛也有尊重，當兩人有著長遠的共識時，這時候，性就是愛的表現方式之一，是自然而然會發生的。**但愛的表現方式絕不僅止於性，且很多時候，問題的根源其實不是在性，而是在於心。**所以性要發生在什麼時候，就得根據兩人的感情基礎來拿捏了。

同場加映

《愛情診療室》*Love Clinic*, 2015

在自己的問題裡，沒有人看得清答案。

It's hard for anyone to see the answers clearly in their own problems.

水丸也想問

感情中的對與錯

人生有三件事是無法收回的：
浪費的時間、錯過的機會、說出口的話。
——《分居風暴》

Three things in life you cannot take back:
opportunities, time, and the words you said.
—*A Separation*, 2012

水某，借問一下：

我們雖然感情不錯，但吵架好像也是家常便飯。我知道我是情緒很滿的人，心情常常就像坐雲霄飛車一樣，一下很「嗨」，一下很「盪」，可是我認爲，每次跟你吵架都不完全是我的錯！你也知道我最不喜歡被冤枉，所以如果被你誤會，我就會忍不住想要發作。如果發現你死不認錯，就會更生氣，覺得為什麼明明就是你錯了，卻還是不肯承認，或是東拉西扯地想要讓自己看起來沒有錯！

好啦，其實我不是要抱怨，我只是很好奇，幫這麼多人解過憂的你，對於伴侶之間無法溝通的時候，有什麼建議嗎？

嗨，水尢：

雖然我覺得你只是想趁機抱怨，但我還是想推薦你看《分居風暴》。這部電影有著近年來數一數二精妙的劇本，還代表伊朗勇奪了二〇一二年的奧斯卡最佳外語片獎。故事聚焦在兩對夫妻彼此之間的溝通，也可以看到在婚姻之外，人與人的互動當中，很多時候沒有「對錯」，只有「心態」的問題。

希敏（Simin）與納德（Nader）共度了十四年結髮夫妻的日子，但兩人卻吵進法院，想要申請離婚。原來是因為夫妻倆申請到了移民簽證，但丈夫納德卻因為不捨罹患阿茲海默症的老父親而拒絕移民。兩人無法立即離婚，也無法溝通，希敏只好搬回娘家住。

平常都是依賴希敏照顧老父、打理家務的納德，只好找了一個懷有身孕的幫傭羅芝（Razieh）帶著小女兒來家裡幫忙。某日納德回家，才發現羅芝母女不在，父親卻已經摔在地上奄奄一息。當羅芝回來，兩人發生激烈爭執，羅芝隔日流產，兩個家庭鬧上法庭，也揭發了一連串不為人知的祕密。

劇本實在太精彩，我在這邊就不透露太多了。不過我看完這部電影之後再次確認了一件事——**所有爭執的發生，一成是因為意見不同，九成是因為語氣不對。而夫妻之間更不應該只看對錯，而還要看體不體貼。**

在這部電影中，觀眾可以從不同人的角度去感受到，每個人都有自己的無可奈何之處；當他們犯錯之後，也都用了自己的方式去彌補錯誤，只是因為自己從前所種下的錯根，而讓局勢變得難以挽回，最終造成了猶如囚徒困境的局面，讓自己與他人動彈不得。這樣不僅浪費了大量的時間、金錢，甚至消耗了原有的情份與信任，就只因為自己一時的執念，真的非常划不來。

不過，多虧了你的提醒，否則我以前的確沒有意識到，自己會在受到別人指責時的第一時間快速否認，而不管自己有沒有錯，或是錯的比例有多少。我擔心會像納德一樣，有著難以動搖的自傲，最終使自己走向絕路。

還記得以前我們曾經寫過一句話：**承認錯誤，不是認輸；放下驕傲，才能成長。**而且就算吵架吵輸了，又如何？至少自己能贏回更珍貴的對方，才不會後悔自己得不償失。

今年的我，應該謙卑多了吧？畢竟現在每次你叫我認錯，我都毫不猶豫地說對不起，還可以多送你幾個，然後立馬條列出你的錯誤，是不是很公平？

同場加映

《婚姻風暴》*Turist*, 2014

人就是這麼矛盾：明明很想挽回，卻總是把它愈推愈遠。

One dilemma people constantly face is that the more they want something back, the further they seem to push it away.

水某也想問

如何找到真愛？

不確定就不要牽手，
牽了手就不要放手。

——《每天回家老婆都在裝死》

Do not commit if you're not sure;
never back out if you are.

——*When I Get Home, My Wife Always Pretends to be Dead*, 2018

嗨，水ㄤ：

我們在演講，或是回答讀者來信時，最常被問到的一個問題，就是「我們怎麼確認對方就是真愛」？

其實回首過去，我並沒有哪一刻突然覺得嫁給這個人就對了！而是在每天的相處中，不管是好是壞，一點一滴累積了對你的信任感，慢慢地就變得愈來愈期待與你度過餘生的每一天。似乎只要雙方認真經營，這段感情就是真愛！

這個回答或許有點簡化，但我一直都相信真愛不是用找的，而是打造出來的。因為「尋找」真愛，太過交由命運與時間去決定，但「打造」卻可以將主導權留在自己身上，不知道你怎麼想呢？

水某：

我跟你說，這個問題真的是大哉問，老實說我也不確定我的答案是不是對的，畢竟我們才認識十四年，結婚八年，離所謂的「一輩子」還有好久。

不過從我每天都感覺很幸福這點來看，或許可以透過這部名字很特別的電影，分享我的一些看法！

《每天回家老婆都在裝死》如果光聽片名，你或許會以為這是什麼惡趣味的爛片。但事實上，這卻是改編自日本的真實事件。電影中的男主角曾經有過一段失敗的婚姻，因此和再婚的年輕妻子約定，結婚滿三年後要確認一下彼此的感覺，確定是否要繼續走下去。

而就在結婚三週年前夕，妻子開始做出「每天都用一種不同的方式裝死」的怪異舉動。最初丈夫覺得妻子只是為了好玩，除了讚嘆道具的製作精美以及情境的設計，有時還會配合演出，但久而久之，丈夫開始感到不耐，懷疑妻子是不是只想獲得自己的關注，或是想用這個舉動來表達一些想法。但不管怎麼詢問，妻子就是不肯說出原因。

隨著劇情發展，我們才發現妻子的母親很早就過世了，童年時為了安慰自己悲傷的爸爸，妻子開始每天跟爸爸玩捉迷藏。這個舉動看似調皮，卻是妻子試圖轉移爸爸的注意力，用沒有壓力的方式讓爸爸知道自己的愛。

當男女主角結婚以後，妻子也用了同樣的方法，並不正面地回答「兩人是不是還要繼續走下去」，而是選擇了這個看似胡鬧，卻體貼溫柔的方法告訴丈夫自己的愛。她並不指望老公每天送花，甚至也不是要對她說「我愛你」，而是用自己喜歡的方式回應彼此的愛就夠了。

我還記得跟你一起到巴黎度蜜月那年，我們到了羅浮宮參觀。雖然久仰羅浮宮大名，也一直很想去看看，但是看到眼前一堆看不懂的畫、沒聽過的藝術家，就覺得很沒意思，還一直催促你快點看完好去找東西吃。想也知道馬上被你罵了一頓，說要是想走就自己走，你還想要好好逛呢！

因為怕你生氣，我只好摸摸鼻子坐在旁邊等你，可是當我看到你很用心地聽著導覽，仔細地看著一件件藝術品，我突然被你認真的表情吸引，而且開始好奇，到底是什麼展品有這麼大的魔力，竟然能讓你放棄跟我去找好吃的東西？於是我也跑去服務處租了一台導覽機，隨著你的腳步去認識這些藝術品，才赫然發現，它們背後都有非常引人入勝的故事。從那一次開始，我就和你一樣愛上了逛博物館，甚至有幾次你不想逛，還被我硬拉去呢！

當我看這部電影的時候，其實感觸很深，因為男主角一開始就是陷入和我當時一樣的情況，沒有好好地去留意另一半的行為。妻子的裝死雖然很戲劇化，但如果仔細去想背後的原因，卻會發現那都是愛的表現。老婆如果很愛逛博物館，那為什麼不試著去好好了解一下博物館呢？

很多伴侶或許是因為相處久了，眼前所見的事情都變得理所當然，也習慣了從自己的角度去出發，每當另一半做出不符合自己預期的事的時候，就會先入為主地認為是對方的問題。

像電影裡的丈夫在結婚之前就預設了立場，要在三年之後確認彼此的感情。其實設下了這個期限，不就等於是在提醒彼此，此刻就算不努力維持感情也沒關係嗎？我覺得「真愛」就像我們幫這部電影所寫的註解——**如果你不是很確定，那就不要許下承諾；但如果許下了承諾，就不要再去想別的可能，而是專心地經營這段感情吧！**

同場加映

《特務愛很大》*This Means War*, 2012

一個值得你愛的人，不只懂得欣賞你的好，還會讓你變得更好。

A worthy lover thinks you are already the best, but can still manage to make you better.

第三場

關於工作——

看見幕前，想想幕後

面臨工作的迷惘，就好比是電影的「幕前幕後」，
人前風光的成就，很有可能是背後多年的琢磨。

害怕犯錯的心理

會犯錯的人才能成長；
會害怕的人才有勇氣。
——《蜘蛛人：離家日》

Only those who make mistakes will grow;
only those who are scared can be brave.
—*Spider-Man: Far from Home*, 2019

哈囉！水ㄤ、水某：

我剛應徵進入新公司，還在試用期階段，但已經覺得壓力大到失眠。自己的能力與經驗似乎都不夠，向前輩討教時，雖然對方沒有抱怨，但久了也還是會有點不耐煩，導致我每次都在掙扎到底要不要問，但問了又怕對方不高興。就算以前有社團經驗，還是覺得跟上班很不一樣，至少出包的時候影響是很大的。

最近雪上加霜的是，主管指派我來主導一個新任務，還要跨部門溝通。但不知道是因為新人的關係，還是自己真的搞不清楚狀況？問了某個人，就被踢皮球到下個人，繞了一圈之後什麼進度都沒有，讓我很難向主管交代。最後是部門前輩跳出來幫我處理，而我也只能在旁邊觀察。

每天坐在自己的位子上，感覺好無能為力，有時候會忍不住想：是不是以後我還是做輔助與執行的角色就好，或許自己根本沒辦法獨當一面吧！

親愛的你：

我們想推薦給你的電影是《蜘蛛人：離家日》，或許你能夠從蜘蛛人彼得・帕克

（Peter Parker）身上找到一些靈感。

這部電影的故事發生在《復仇者聯盟4：終局之戰》之後八個月，時間是二〇二三年。經歷了第二次彈指而復活的彼得・帕克雖然能和他的好友與同學們重聚，卻得要接受世界上不再有鋼鐵人、美國隊長、黑寡婦等前輩英雄們的事實。

而正當他試圖擺脫陰霾、繼續他的高中生涯的時候，卻在校外旅行遇見了全新的威脅：一個巨型的水元素。此時前來解圍的，是一個自稱來自平行宇宙，被稱作「神祕法師」（Mysterio）的謎樣男子。在神祕法師與前神盾局局長尼克・福瑞（Nick Fury）的請求之下，彼得開始掙扎，是不是該將鋼鐵人傳承給他的人工智慧眼鏡交給神祕法師，讓他來拯救世界？還是要挺身而出，接下鋼鐵人的棒子呢？

其實彼得不是不願意扛起這個重擔，只是還不夠有信心，總覺得自己只是個「友善的鄰家蜘蛛人」，永遠都無法成為下一個鋼鐵人。而且年輕的他，自覺思慮不周，容易犯錯；一旦出錯，都是人命關天的事，而他畏懼這樣的責任。

於是當穩重又正直的神祕法師出現時，彼得立即將眼鏡轉贈給他。卻又在發現神祕法師利用鋼鐵人以前的發明來假扮英雄之後，除了挺身彌補自己的錯誤，更迫使他再次面對「想要逃避的自我」。沒有人能夠永遠幫誰承擔，是時候要靠自己了。

其實鋼鐵人東尼（Tony）透過眼鏡轉交給彼得的並不是表面上的責任而已，還有對他的完全信任。就如同東尼的助手快樂（Happy）後來說的：「東尼懷疑過很多事，包括他自己。唯一沒有懷疑過的，就是挑選了你。」所以，東尼的傳承，不是只有他的勇氣或是高科技，還包含了他義無反顧的責任心與自我反省的能力。東尼知道自己有許多缺陷與爭議，因此他不要彼得成為下一個鋼鐵人，而是要成為走出自己的路的蜘蛛人，就如同東尼當年也在跌跌撞撞之中為自己找到鋼鐵人的價值與責任。

水某在前公司擔任行銷部門主管時，非常依賴當時的台灣市場總經理，也是水某的恩師。他的細心教導與全然信任，讓水某得以有充分的舞台發揮，兩人也培養出了師徒一般的默契。但後來這位總經理意外被調職離開，公司迎來另一名新老闆，有好一陣子混亂不已，水某得要獨當一面地處理許多不熟悉的事物。

自我懷疑是非常正常的，當有一天得要自己做決策並扛起成敗，真的會很惶恐，況且還在緊急的狀況下，多肩負了原先不屬於自己的職責。那時候，水某幾乎在每一個能與前老闆見到面的場合，就急忙地纏著他問東問西，並將以往學習過的實際運用在日常的工作當中。**把大的目標切割成為每週的小任務，就像闖關遊戲一樣，就算叩關失敗，也累積了經驗值與接受失敗的平常心。**藉由每次的成果檢討，來推演下次的策略，也適時地協同跨部門同事與區域總部的資源，納入更多面向的觀點，降低個人決策的風險。

這段時間的水某，不僅與同事們培養出革命情感、增加了在總公司的能見度，更獲得前老闆與高層主管的讚賞，自己也在錯誤中蛻變成一個更成熟、穩重的專業人士。

失敗的時候要改變的應該是做法，而不是目標。不能因為幾次出錯，就認定這是必然的結果。你的主管、部門前輩，誰不是這樣磨練過來的呢？若總是順遂、從未失敗過，那才應該擔心自己的受挫力。若沒有面對失敗的心理素質，未來一旦出錯，或許會摔得比誰都重。畢竟，真正邁向成功的旅程，總是在失敗以後才開始啊。

同場加映

《明日邊界》*The Edge of Tomorrow*, 2014

錯誤是拿來學習的，不是拿來重複的。

Mistakes are meant for you to learn from, not to repeat.

得不到的成就

別人的成功你沒有任何功勞，
自己的失敗也不是別人的錯。

——《何者》

You don't get credit for others' success
just as you are not to blame for others' failure.

—— *Somebody*, 2017

水ㄤ、水某你們好：

我正在找人生第一份工作，未來的計畫是先存一些錢，同時考慮是否要出國進修，再回來實現自己創業的夢想。

已經面試了好多間公司，不是不滿意各方條件，要不就是被婉拒。我甚至也一度思考是否乾脆改考公務人員，或是去做別人介紹的工作。

每當看到從前同學在社群平台上的近況更新，就會有一種覺得自己也沒有比別人差，但為何特別不順遂的感覺。索性都不跟大家聯繫，自己也比較不會胡思亂想……

親愛的你：

我們推薦一部探討人性的日本電影《何者》。

男主角拓人與四位鄰居好友，同樣都是應屆大學畢業生，準備進入職場，五個人時常聚在一起分享求職祕訣與資訊。表面上大家客氣友好，私底下卻是暗潮洶湧，互看彼此不順眼。

但即便教導其他同學怎麼準備筆試與面試，看似得心應手的拓人，卻逐漸落後同期。原來，他打從心底無法忘懷演舞台劇的夢想，於是不斷地分心追憶以往，暗自在社群平台上追蹤以前的社團夥伴，但看著對方辛苦堅持劇團的運作，又忍不住對他的努力與白費力氣感到嗤之以鼻。同時看到另一位曾說大話不屑求職的朋友，最終仍在現實的壓力下和一般人一樣到處應徵時，他也瞧不起這位與現實妥協的朋友。

然而他卻不知道，既不全力以赴、又不能接受妥協的他，其實在朋友眼中，才是那個不知道自己在幹嘛，始終沒有下定決心的人。

找工作很難，尤其是第一份工作。撞壁幾次後，不斷地自我懷疑是很正常的，但我們要學習的就是給自己清楚的目標與原則。**當你決定要走一條路，為自己設定個停損點後，就該全力以赴走下去。若走沒幾步就回頭遲疑、裹足不前的話，這麼一來，每條小徑都無法走成一條康莊大道。**

我們在想，就算你的準備工作都做得差不多了，面試過幾次，也已經很熟悉各種話術，但會不會你的「三心二意」其實一下子就被識破了呢？可能對於眼前要應徵的工作仍抱持著過渡時期的心態，所以在與主管互動時，展現不出「非你不可」的氣勢，若主管再多加詢問，或許就會發現你並沒有決心在這份工作上，自然也會抱著可有可無的態度來評估你了。

還在職場的那十幾年，水某的敬業態度以及充分準備，往往讓水某在各個階段的工作無往不利，也提前完成了在人生清單上想要成為行銷經理的目標。但偷偷說個祕密：離職後的水某曾經被人才仲介公司找去面試，以便留意日後的工作機會。那時抱著聊聊的心態，沒想到面試到一半，面試官居然睡．著．了！

水某當下十分震驚，相較以前備受青睞，現在卻令人無聊到打瞌睡。後來才認知到，自己的心態早已和從前在產業裡大不相同，表現的言談與肢體都是比較隨性的樣子，對方自然也「跟著放鬆了」。自己沒有全力以赴，當然怪不了別人直接睡著。

話說回來，要對一份自己沒有興趣、只想賺錢的工作展現出熱情與決心，的確很難，但就算這只是個不得已要追求的工作，也可以試著說服自己聚焦在這份工作的好處，**給自己設下階段性的任務，也不會浪費這段時間的磨練。畢竟每一段經驗，日後都可能會在你意想不到的地方派上用場呢！**

同場加映

《俗女養成記》*The Making of an Ordinary Woman*, 2019

很多時候我們不是不能重新來過，而是不敢。

We all want to start over at some point;
what we lack is never the opportunity, but the courage to do so.

人生是一條鋼索，想要生存，
就得在利用和被利用之間找到平衡。

——《真寵》

Life is a walk on a tightrope;
the only way to survive is by finding a balance between using others,
and being used by them.

—— *The Favourite*, 2019

水ㄤ、水某你們好：

公司內部很競爭，常有部門與部門之間互相爾虞我詐。原本遠離權力中心的我，莫名其妙被捲進一樁爭議案子當中。當初明明就是按照主管交辦的去做，但最後黑鍋卻要我來扛。我真是既生氣又委屈！

更衰的是，在同事間抱怨這件事，居然傳到人資部門耳裡，被找去談話，也不過就敷衍了幾句，說是給我加油打氣，但其實還不是要我吞下，不要到處八卦。

真的很想一走了之，但每次和同學朋友們聊天，才發現大家幾乎都曾遇過這種鳥事，忍不住好奇，是不是到哪裡工作都會有辦公室政治呢？

親愛的你：

我們推薦的是獲得二〇一九年奧斯卡多項大獎的電影《真寵》。

在十八世紀初的英國，執政的安妮女王（Queen Anne）身處在與法國交戰、民生經濟困頓的關鍵時期。而本就健康堪慮的她，又在連續產子十七胎，卻沒有任何孩子順利長大之後，變得更加抑鬱古怪。安妮女王身邊唯一信任的好友只有公爵夫人莎拉

（Lady Sarah），這位從小到大的閨蜜此時更趁虛而入，掌握了執政大權。

在當時的時空背景下，莎拉備受寵愛，與被重用的將軍丈夫在宮中呼風喚雨。但直到莎拉的表妹艾碧嘉（Abigail）來到宮中幫忙，兩人就此展開了不輸《延禧攻略》的精彩宮鬥戲碼。

艾碧嘉是個落魄的貴族，因為父親賭博，小小年紀就歷經滄桑的她，了解「活下去」是自己生活的唯一目標。她看到莎拉是宮中紅人，便藉著遠房親戚之名進到宮中，從最低下的侍女開始做起。

莎拉處於政治核心，丈夫又身兼要職，雖然表面上風光無限，但還是會為自己的家族勢力感到擔憂，面臨立場相左的黨派質疑，每日還要應付情緒失控的女王，疲於奔命的莎拉得要機關算盡，才能穩坐最受寵的地位。

我們覺得在複雜的工作環境中，安穩度日可以說是一種奢求。因為面臨人事鬥爭與職場上的角力，身在其中就像是權力中心者的一兵一卒，隨時會被推上戰場，很難讓自己置身事外（除非你有強大的靠山或是獨占某專業領域）。所以時刻留意公司內部的局勢變化，靈活改變自己的應對策略，是非常重要的。

第一，就是讓自己不可取代。艾碧嘉剛進宮廷，被一票侍女們欺負。後來她仔細觀察環境與女王的需求，主動採集草藥為女王舒緩痛風之苦，種種機靈的表現，讓莎拉將她升職，也就多了在女王面前的曝光度，再趁機邀功，好突顯自己的價值。

再來，就是要換位思考。即便只是兵，可能都還得回頭看看帥仕相在打什麼算盤，才不會讓自己莫名成為炮灰。當然，從自己的狹隘觀點，很難準確地揣測上意。所以在工作以外的時間，多留心公司的政策發布、人員調動，甚至在開會時也關心一下自己職務以外的事項，從更大的格局去理解整間公司的運作，以及自己在其中的角色為何，這樣就能推演眾人的動機與動向。

也要在平時就累積戰友，必要時得評估是否需要選邊站。這當然要視情況而定，當被標籤為某方的人馬，自己也要承擔一定的風險。所以在累積人脈、合縱連橫之時，必須謹慎小心，像是與莎拉敵對的政黨議員一開始來找艾碧嘉當間諜時，聰明的艾碧嘉拒絕了，因為她有能力做自己的主，不需要淪為別人的棋子。

最後，當然要為自己留後路。能夠在公司呼風喚雨多年的前輩們，必然有他們的老謀深算之處，而為了自保，在規畫任何行動時，還是要準備退場機制，不管是話術、職務更動，甚至離開。艾碧嘉深知自己隨時可能失寵，得要確保自己的名聲與地位，所以她乘勢讓女王為自己安排婚姻，成為男爵夫人。

雖然《真寵》裡面的部分計謀可以作為參考，但整體來說，電影裡的主人翁們就像是有些人在公司裡的政治算計，一開始的出發點是為了保護自己或追求利益，但沿途上卻因起了貪念而攻城掠地。我們覺得，追求自己的好處不算自私，犧牲別人的好處才是，最後就算贏得了全世界，也不會停止擔心。如同後來成功取代莎拉地位的艾碧嘉，即使在宮中紙醉金迷，但有任何風吹草動，她還是如驚弓之鳥一般。而露出馬腳的她，在女王眼中，也還是一樣的低下卑微。她再怎麼用心計較，最終也只是在別人的屋簷下為他人所用而已。

有人與利益的地方，就會有政治鬥爭。我們不主動求戰，但也要不懼戰，並且要認清事實：公司不是慈善事業，不能一廂情願地投射私人情感，認為誰欠了自己什麼。**我們能掌握的就是提高自己的價值，就算被利用，也要以我們願意的方式去被利用；而利用他人，也要有一定的道德標準。**自己心安，也就不怕被人反噬了。

同場加映

《實習大叔》*The Internship*, 2013

別人說你不行，最多是一點打擊；你說自己不行，那才是真的放棄。

It's only a setback when others deny you,
but you don't stand a chance if you deny yourself.

就算世界逼著我們扮演一個不是自己的人，
還是不要放棄成為理想中的自己。

——《未生》

Never stop trying to be the best of yourself
even when the world is forcing you otherwise.

— *Misaeng*, 2014

親愛的水尢、水某：

理想與現實是不是總會有落差？我進入嚮往的公司後，才發現其中的做事方法簡直是旁門左道。因為才剛來，不知道過往脈絡，所以也還在觀察中。然而從同事私底下八卦的內容裡，發現幾個主管都已經對此習以為常了，雖然沒有立即的危險，或是明顯的觸犯法律，但我就是覺得哪裡怪怪的。

我打算先低調觀望一陣子再說，但也想問一下，如果因為這種原因而離開公司，會不會太大驚小怪？

親愛的你：

我們推薦二〇一四年由網路漫畫改編的口碑韓劇《未生》。主角張克萊從小就是個出色的圍棋高手，在他準備受訓成為職業選手前，卻遭逢家庭變故，讓他得要到處打工賺錢。後來靠著關係，進到一間大型國際貿易公司當實習生，但沒有亮眼學歷、外語能力，更不懂得應對進退的他，被認為是「空降部隊」，不僅受到主管吳次長的刁難，也被各部門同梯的實習生瞧不起，而這齣劇就是聚焦在他和其他同梯同事在公司裡受盡磨練、學習生存的過程。不僅寫實地道出職場裡的暗黑血淚，也深藏許多人性的溫暖光輝。

「未生」指的是在圍棋中死局裡的最後一步棋。張克萊因為沒有其他人生歷練，只能以圍棋來理解職場，「在職場裡，我們都是未生，只有堅持下去，才能走出自己的路，成為完生。」而「完生」就是棋局中倖存的最後一顆棋。在職場衝鋒陷陣的過程中，他為了證明自己，不讓母親擔憂，以堅持與努力來面對日常中的逆流，希望能成為職場中的完生。

過程中，他一直以為低下的能力與出身，是導致自己在職場上吃盡苦頭的原因，但其實同梯的實習生們就算出自名校、表現亮眼，也都在職場上嘗盡冷暖。而透過劇情刻畫，也讓我們看見，即便是身經歷練的主管們都像在刀口上過日子般戰戰兢兢，必要時還得在道德底線上妥協讓步，才得以保護團隊。

在張克萊的努力之下，大家都對他的成績有目共睹，包含一開始對他充滿敵意的直屬主管吳次長。大家都認為立了多次戰功的張克萊，應該被升為正職。吳次長也多次力薦他，但公司總有許多藉口，甚至利用這點來要脅吳次長接下一個擺明就有問題的案子，也埋下了後續無法逆轉的結果。

在職場上難免會遇到理念不合的狀況，該怎麼應對，其實真的沒有標準答案。而

這也是為什麼有許多人在職場打滾多年後，原本的初衷與熱情早已消失無蹤，因為被磨損多了，久而久之也習慣了，甚至也累了，不想管了。

水某在過往的一份工作裡，曾經度過兩年充實又美好的日子。那時候，業績不是公司最重要的年度指標，消費者對品牌的愛好程度，與品牌的形象資產才是最高指導原則。當時一肩擔起整個市場的營運策略，即便目標不在業績，卻讓市場成果在區域總部中名列前茅。但後來可能因為總部急遽的擴張，大舉帶進許多來自其他產業的人力資源（其實水某算是第一批），逐漸稀釋掉原有的企業文化，雖然在運作上變得更有效率了，但卻強加了許多不符合品牌特性的行銷策略。

而到職的第三年起，公司文化變得唯「業績」是問，中央控管更加嚴格，人事傾軋更加白熱化。一開始，水某就像張克萊與吳次長一樣，試圖在這樣的逆流當中，調整腳步，即便自己還是受到公司的重用，但內心卻著實不相信這樣的改變是對的。在過程中也試圖用各種方式來重新適應與應對，但眼見自己的妥協換來的是對品牌的傷害，自己也無法力挽狂瀾時，最終決定離開。

建議你可以從旁了解所遇到的是一次性的事件，還是這間公司一向都是用這樣的態度做事？最根本的是，要從保護自己的角度出發，再來評估是否有機會慢慢改變。像是張克萊的部門，其實曾有好幾次都成功影響其他部門的做事心態，不再遇事就推卸，也逐漸帶起了一股新的風氣。但若是公司領導階層與人事部門都積習難改，那建議你也不必賠下自己的青春，和他們耗時間了。

同場加映

《我不是藥神》*Dying to Survive*, 2018

只有做出不曾做過的改變，才能得到不曾擁有的一切。

If you want to own the things you've never had,
you need to make the changes you've never done.

不知為何而戰

很多事情不是看到希望才去堅持，
而是堅持了才看得到希望。
——《與我為鄰》

A lot of times you don't choose to hold on because there is hope; you held on, and so there is hope.
—— *Won't You Be My Neighbor*, 2018

哈囉，水ㄤ、水某：

我以前算是個北漂青年，但看著父母漸漸年長，自己的工作也面臨瓶頸，家裡是務農的，這兩年乾脆回家幫忙。

或許是自己不太熟悉販售與通路，就算家裡的農作都是用心栽培出來的，沒有什麼農藥，也相當天然美味，但交易量就差不多是如此，若遇到天災，最倒楣的就是農家，一年的心血都白費了。其實也不是一定要做這一行，只是對父母來說這是最熟悉的工作，自己也覺得應該多少可以幫得上忙。

最近，我在觀望是否該嘗試網路銷售，但想到這也是浩大工程。有時還會想說自己堅持的某些原則，是不是沒有必要？心情低落的時候，甚至會想著乾脆收一收，回去職場賺還比較快……

親愛的你：

我們想要推薦一部紀錄片，片長九十五分鐘，水某就哭了九十分鐘。這是敘述美國兒童節目之父，主持人佛瑞德・羅傑斯（Fred Rogers）人生故事的《與我為鄰》。

在紀錄片中，當節目製作人受訪時被問到風靡全美的《羅傑斯先生的鄰居們》到底是怎樣的一個電視節目，她回答：「如果把構成一個暢銷節目的要素全部列出來，然後採取完全相反的作法，就成就了這齣節目！」

《羅傑斯先生的鄰居們》用低廉的製作費做出簡單的佈景，還由一點明星味都沒有的主持人來說故事、唱歌、玩玩偶……聽起來這麼可悲的節目內容，卻出現在數十萬個家庭電視裡，讓各地的孩子們每天引頸期盼著，簡直是個奇蹟故事！

我們就這樣被吸引去看了這部片。而這麼感人又暖心的故事，也已經被改編為傳記電影（即將在二〇一九年底上映），由湯姆．漢克斯（Tom Hanks）主演，重現當年的點點滴滴。

在六〇年代，羅傑斯叔叔自編自導自演，甚至撰寫大部分的兒歌，親身入鏡或是操縱木偶搭配對手演員來對話。每一集他會聚焦在一個主題，例如在甘迺迪總統被暗殺之後，他與孩子們探討死亡；當美國離婚率愈來愈高，他來談離婚。他用一貫緩慢、平和而尊重的口吻來傳達理念，提醒孩子怎麼發洩與控制自己的脾氣。在那個保守又充滿歧視的年代裡，他甚至率先與黑人演員共事，邀請他在節目上同沐雙足。

一開始沒有人能夠理解他在做什麼，甚至取笑他、貶抑他。在電視媒體愈來愈普遍的年代，他就像是在喧鬧世界中的一股清流。他曾說：「我總覺得，我不需要戴上好笑的帽子或身穿斗篷，才能與孩子們拉近關係。」因為憑著真誠的眼神、溫暖的話語，他便能夠帶給孩子們安定的力量。但幾十年過後，他卻被視為是保守勢力、過時媒體，甚至還有長大的孩子反過來攻擊他當年為何要灌輸他們天真無知的想法，諸如「你是特別的，不用特別做什麼去交換別人來愛這個真實且獨一無二的你」。因為當如此相信這點的孩子們長大後卻受到世界的背叛時，他們就回頭憎恨當初為何被誤導……

羅傑斯叔叔的孩子在整理他的遺物時曾經找到一些紙條，才發現父親並不是數十年都如記憶中一樣有信念，父親也曾經沮喪、憤怒、想要放棄，卻在發洩過後，繼續堅持下去，直到最後。

讓我們最感動的一句話，是當他受盡了一切質疑與委屈，他還是相信「**我們能做的最偉大的事，就是幫助某人知道，他們有人愛，而且自己也有能力愛人**」。而這也深深鼓舞了我們。當我們每天都收到讀者來信，哭訴著他們的憂傷、徬徨，甚至憤恨，我們還是傳遞著一個信念——**一切都會變好的，只要我們堅持下去**。

請相信自己的堅持是有意義的，良善的價值必會獲得迴響，你所缺少的，或許只是一種有系統性、延續性的推廣方式。請盡力去嘗試。現在有非常多的小農市集或組織，或許不一定適合你，但可以先嘗試諮詢，看看別人的運作案例。我們剛開始經營 YouTube 頻道時，也是摸不著頭緒，除了看別人的頻道，也會去請教相關領域的人，一邊試錯，一邊調整。雖然答案不會就此呼之欲出，但至少會先認知到過程中的挑戰與成本是什麼，再來調適自己的心態，甚至為自己設立停損點，這樣比較不會在每日的挫敗中，徹底磨損了自信與意志。

在電影中有首傳唱了數十年的節目片頭主題曲〈你願意當我的鄰居嗎？〉（Won't You Be My Neighbor?），歌詞裡面寫道：「這真是鄰里中美好的一天／我一直都很想有個鄰居就像你一樣／讓我們把握光陰，希望你與我為鄰……」

羅傑斯叔叔說，這首歌代表一種邀請，邀請某人親近你。因為每個人都有徬徨無助的時刻，但不一定都會展現出來，若你一個人埋頭苦思，倒不如開口求助，搞不好大家都有著同樣的困難，可以集思廣益，陪伴彼此一起度過難關。

同場加映

《紅盒子》*Father*, 2018

有時候放棄一個信念，遠比繼續堅持還需要更大的勇氣。

Sometimes giving up on your beliefs takes so much more courage than holding on to them.

不用急著說自己別無選擇；
希望，或許就在轉角處等著。

——《玩具總動員4》

Don't hurry to any conclusions;
hope may just be waiting around the corner.

—— *Toy Story 4*, 2019

致水ㄤ、水某：

在目前的工作上已經掙扎了好一陣子，其實並不討厭這份工作，但似乎遇到瓶頸，有離開的念頭已經很久了，卻都在一波又一波的活動中拖過去，想說把事情完成再走，又總是會突然冒出一些新的任務。

之前曾私下去面試了幾間公司，各有好壞，沒什麼讓我特別期待的。而我同時也在思考，年輕時一直嚮往的留學打工，現在是否正是剛好去嘗試的時間點？不然再投入下一份工作，至少會待個兩、三年，到時候會不會沒體力也沒動力了？

心動之餘，卻又忍不住懷疑，回來後還會有公司要聘用我嗎？但今年若不再快點決定，恐怕又要再度錯過時間點……

親愛的你：

你的狀況，讓我們聯想到《玩具總動員4》裡面的胡迪（Woody）！

這次的故事發生在第三集之後。玩具們跟安弟（Andy）道別，展開了在新主人邦妮（Bonnie）家的新人生。即將要上幼稚園的邦妮對學校感到陌生。在胡迪的幫助之下，邦妮才轉移了注意力，用胡迪從垃圾桶裡找出來的材料製作出了一個玩具，並將它取名為叉奇（Forky）。

成為玩具而獲得生命的叉奇，除了不能理解「玩具」的意義，更無法改變自己是垃圾的心態，不斷想要逃離邦妮，回到垃圾桶裡。此時邦妮一家決定在開學前來一趟露營車旅行，所以邦妮便將許多心愛玩具，連同叉奇一起帶出門。為了要追回再次逃脫的叉奇，胡迪陰錯陽差地與叉奇流浪在外，想盡辦法要回到邦妮身邊。

我們發現胡迪在電影一開始就顯得有點徬徨空虛，因為他不再是玩具們的總指揮，邦妮也時常忽略他。於是當叉奇成為邦妮的最愛，胡迪就把叉奇當作是自己的最大責任，也把自己搞得人仰馬翻。因為對胡迪來說，玩具就是要對主人忠誠，永不離開，所以他總是不肯放棄拯救任何一個「遺落（lost）」玩具。

因此當胡迪和當初被送走的牧羊女（Bo）重逢時，一開始以為她的「遺落」人生一定很悲慘，與有主人愛護的玩具天差地遠，沒想到牧羊女不只看起來神采奕奕，自由的生活更開拓了她的眼界。

經歷了一連串的冒險，胡迪出乎意料地決定隨著牧羊女去展開自己的新生活。因為胡迪雖然有著高貴難得的信念，但這信念卻在無形中變成了一個枷鎖，牢牢地套住了他。在冒險中，胡迪得到屬於自己的體悟，那就是「人生不是只有一種樣子」。當有主人的玩具很好，但當「不屬於任何人」的玩具也很棒。離開主人去過自由的人生很好，也或許某天又遇到新的主人，那就好好珍惜新來的緣分。

玩具們看著遠去的胡迪，感慨地說他自此變成「遺落（lost）」的一份子，但身為胡迪最好朋友的巴斯光年（Buzz）卻回答：「He is not lost anymore.」這裡的lost指的是「迷失」，唯有讓胡迪探索世界，他才能「不再迷失」，重新找回自己的價值。

在職涯上，總是會遇到難以抉擇的時候。水某在十幾年的職涯中，換過五次工作，最新一份工作（或許也是最後一份工作）就是全職經營「那些電影教我的事」。之前每次換工作，也都經歷過好一番掙扎，通常沒醞釀個一年半載，是不可能說出口的。不過也因為每次新加入一間公司，都很清楚自己的階段性任務，所以除非是遇到什麼意外，否則離職的原因與時機點，都還算滿順理成章……

直到前一份工作，才真的讓水某陷入了好幾年的苦苦掙扎，不僅是因為對品牌的熱愛，更是認為自己的責任重大。但隨著健康亮紅燈，再加上公司營運策略與組織的大幅變動，讓當時的水某幾乎沒有理由留下。但不改理性分析的習慣，水某還是做了一張表格，把自己離開、留下、外派的選項全數列上，根據自己最在意的指標去做評分排序，例如擁有主導權或許最重要，再來可能是成就感、福利等等，依序排完後，依照權重去加乘出一個分數。在這個思考過程中，水某才發現，其實一直以來自己都擁有第四個選項，也就是「延後選擇，靜觀其變」。經過這樣客觀的分析，自己不是只能在去留當中選擇，於是決定留職停薪一年，先調養身體，再去探索一些可能性，也與熱愛的品牌拉開一段距離，用客觀的角度去評估事態，最終才能做出沒有遺憾的選擇。

或許你也可以試試這樣的思考測試，就算當下還是無法決定，但在自問的過程中，以清楚的架構去分析利弊，自然而然就會對自己的選項更加理解，甚至也會聯想到其他從未想過的選項，或許就不會感覺到有如被逼到牆角般的苦惱了。

同時也別忘了，**不管是哪個選擇，都會是最好的結果，因為你會忠於它，並且盡力從中獲得最多。**

同場加映

《麻雀變公主2：皇家有約》*The Princess Diaries 2: Royal Engagement*, 2004

有一天你會發現，成熟不是一個階段，而是一個選擇。

You'll realize one day that being mature is not a stage in life, but a choice you make.

事業與家庭的挑戰

堅強的人愈是努力微笑，
愈是需要溫暖的擁抱。

——《高年級實習生》

For those who try so hard to be strong,
the brighter their smiles are to you,
the warmer your hugs are to them.

—— *The Intern*, 2015

水ㄤ、水某你們好：

我的孩子剛上幼稚園，時間空出來了，我又能回職場工作。

當初辭職，是想多點時間陪孩子成長，照顧了四、五年，現在能找到還不錯的工作，心裡很感恩，也很惜福。

作為一名職業婦女，白天上班，晚上帶孩子，其實很多同事都是這樣，我也沒特別覺得不滿。真正讓我感到不開心的是，丈夫雖然也會處理家務，但他的心態老是停留在「幫忙」的出發點，但家與孩子都是兩個人共有的，我們也都各有工作，不是應該是「共同分擔家務」才對嗎？

親愛的你：

我們推薦的電影是《高年級實習生》。

女主角茱兒（Jules）是一位年輕又有想法的CEO。她全心全意投入工作，只花了一年多的時間，就成功建立起一個販售服飾的商務平台，甚至還因此獲得了許多投資者的青睞。

茱兒除了擁有成功的事業，還有體貼的丈夫、可愛的女兒，看似已經擁有一切，然而隨著劇情進展，我們才得知，她的丈夫為了要讓茱兒能夠無後顧之憂地完成夢想，辭去原本高薪又有前景的工作，在家中扮演家庭煮夫的角色，一手打點茱兒和小女兒的生活起居。

這對夫妻看似找到了完美的答案，但好景不常，丈夫因為無法忍受茱兒長期將工作擺第一而出軌。發現丈夫偷吃的茱兒表面上裝作若無其事，但內心卻不知該如何是好。她一方面對丈夫多少感到愧疚，一方面又必須穩住情緒，不讓公司運作受到影響。為了挽回家庭，茱兒甚至一度決定妥協，將自己一手打造出來的公司交給外聘的執行長管理，自己就有多一點的時間可以陪伴家人。

這個決定非常勇敢，但卻等於變相地要茱兒妥協她的夢想。這讓我們聯想到在現實生活中，許多事業成功的職業婦女總是對家人有深深的罪惡感，將家庭中出現的許多問題都歸因於自己，導致做出自我犧牲的決定。

其實這門課題真的沒有正確答案，每個人微妙的平衡點也出現在不同的光譜之上。電影中，茱兒在下屬兼好友班（Ben）的陪伴和開導之下，勇敢地跟隨著內心的聲音做出決定。告訴丈夫自己已經知道他的外遇之後，丈夫也即時想通，請求茱兒不要為他一時的錯誤而自我犧牲。相較之下，**現實中要取得工作與家庭的平衡，很可能要花費**

更長的時間或更多的溝通，這時候就更需要那些關懷我們的人支持與陪伴了。

我們在成立「那些電影教我的事」的前兩年，各自都還有自己的正職工作，直到二〇一五年粉絲頁趨於穩定，水ㄤ的工作也完成了階段性的目標之後，我們兩人就有清楚的共識，要讓水ㄤ離職來全心經營粉絲頁，而水某就留在產業中，繼續追尋自己在品牌行銷的夢想。我們決定互相支援，水ㄤ時間彈性，可以多分擔一些家務，而水某則作為經濟上主要的支柱。也因為有這樣的共識，讓我們今天能夠有機會去選擇要一起來經營「那些電影教我的事」。

當然，無論是電影或現實人生，每個家庭遇到的狀況與挑戰都不同。但我們建議**夫妻兩人可以討論出清楚的共識與各自的犧牲比例，在大方向上保持公平原則，把對方當成戰友，一起面對外界的挑戰。**

在某些家務事上，丈夫或許多承擔一些，例如較粗重的工作，或通勤接送；而妻子若比較細心，就在育兒上多費些心思，甚或顛倒過來也可以。基本上就是各司其職，而這個「職」是什麼，就要靠雙方協調了，看是各有所長，或是客觀條件上誰比較適合做什麼，才能達到真正的公平。

舉一個小小的例子：水某對於環境整齊特別在意，所以老是在水ㄤ後面收拾東西，還會怒氣沖沖地責怪水ㄤ壞習慣一堆，但直到水ㄤ回嘴後才發現，水某自己洗澡後也不會隨手把髒衣服丟洗衣機，害水尢洗衣服都要分很多趟，其實是半斤八兩。畢竟人都是主觀的，眼中所見多是對方的問題，容易忘記對方也在容忍自己，或許攤開來講，會發現很多事你來我往的，其實也還算公平吧！

同場加映

《我要準時下班！》*No Working After Hours!*, 2019

想要學會尊重，就先試著了解，不是什麼事都是理所當然的。

The first step towards learning how to respect others is to understand that nothing should be taken for granted.

如何領導？

領導不是一個地位，
而是一種行動。

——《雞不可失》

Leadership is not a position,
but an action.

—— *Extreme Job*, 2019

哈囉，水尢、水某：

我在去年被升職為部門主管，本來就對於工作很盡心盡力，在當了主管以後更加覺得責任重大，也難免給同事有點嚴肅的感覺。

最近在工作上遇到了一些讓我有點感慨的事。不久前，因為有個案子對公司來說特別重要，我花了更多的時間去盯執行進度。剛好遇到團隊裡有幾個新成員接連出了幾個包，讓我在一次的檢討會議上大發雷霆。

當我回首自己的職涯，雖然很有成就，卻犧牲了好多。我也深知公司不是用來交朋友的地方。但很多時候我都在想，是我太在意工作？還是部門的人太不在意？難道只要成為主管，就得承擔這樣的心理壓力嗎？還是說，我本來就不應該對同事有太多期待呢？

親愛的你：

我們想推薦給你在二〇一九年以破天荒的速度打破了韓國電影票房紀錄的一部電影《雞不可失》。

電影敍述警察局內緝毒組的五名成員，因為一直沒辦法抓到犯人，不只時常被長官責罵，還得忍受其他同事的冷嘲熱諷。這也使得組內的士氣變得十分低迷，擔心緝毒組會被解散，並被指派去其他更糟的職位。

而就在此時，他們得到來自其他組別所提供的情報，進而得知惡名昭彰的販毒集團藏身之處。為了要順利進行監視，他們決定頂下位在販毒集團藏身處斜對面的炸雞店，打算假裝經營來掩人耳目。沒想到，其中一位組員誤打誤撞烹調出超級好吃的新口味炸雞，使得炸雞店一夕爆紅，也讓他們成為名副其實的斜槓中年！

緝毒組一共有五名成員，分別是綽號「喪屍」的組長高班長、父母在水源開牛肋排店的奉八、唯一的女性組員妍秀、留著小鬍子的英皓，以及剛剛加入緝毒組的菜鳥宰動。其中，多次領導失敗的高班長，即便與組員的默契極佳，但難免喪志，每天只想在外面盯哨，不想回家面對妻子的責難。每看著比自己年資小很多的學弟們各個官運亨通，都讓他不時地自我懷疑，也曾經萌生過放棄的念頭。

後來他意識到，若這次埋伏行動再度失敗，他會間接造成親如家人般的組員被警局拆散。於是他瞞著老婆，用退休金頂下了炸雞店，竟也歪打正著把這間即將倒閉的炸雞店經營得有聲有色，甚至替他和所有人帶來快速的財富以及被肯定的成就感。而接下來他們發現，原來合作展店的夥伴利用外送炸雞交易毒品，高班長隨即身先士卒地去追捕首腦，也證明了他「喪屍」的綽號來由：打死不退。

嚴格來說，高班長並不是一個模範領導人。他調度有問題，時常出錯；也會見獵心喜，一度想要轉行賣炸雞；沒辦法說服上司給予更多的資源等，都讓緝毒組的行動沒有效率，也不受到重視。但他之所以這麼受到下屬們的敬重，甚至讓每個人在團隊遭逢困難時還能夠忠心耿耿地奉獻自我，就是因為高班長是一個以身作則的上司，總是毫不保留地為團隊付出，也不肯放棄行動。

緝毒組每日打交道的對象都是因毒癮而發狂的吸毒者或毒販，比起一般的罪犯更具攻擊性。所以對團隊而言，能無後顧之憂地冒險犯難，比什麼都來得重要。

水某在前公司有個團隊要管理，是首次擔任主管職。先從兩人的團隊開始，再增加到七人，職務都不盡相同。因為經驗不足，其實一開始只能模仿以前主管的風格與管理方式，同時還要摸索每位下屬的人格特質，並且在不同的情況下調整親疏遠近的態度，才理解「管人」比管事複雜千萬倍！

但我們的深切心得是——領導不是一個地位，而是一種行動。在做活動時，若自己走在第一線面對消費者，下屬就會跟著做；在盯進度時，若有設定清楚的目標，又能問到關鍵點，下一次他們就會提前多想一步，以免被問倒。自己用什麼方式與上司、同事互動，下屬就會有樣學樣，甚至在低潮時的反應與心態，都會讓下屬看在眼裡。

基本上有點像是親職教育，以身作則，絕對沒錯。不過我們所說的行動，也並非代表著要搶著做下屬該做的事，而是分工合作，並用同樣的標準審視自己，這樣一來，下屬就會將你當成值得信任的戰友。

除了《雞不可失》，我們也推薦《嬌嬌女上司》、《怒火特攻隊》、《薩利機長：哈德遜奇蹟》，以及《怒海劫》等片，片中的領導們都展現了十足的行動力，我們也可以看到領導者如何在高壓下調適自己的心情。你會發現：**領導其實是一個孤獨的工作，很多時候你只能一個人懷疑，一個人承擔了。**

同場加映

《嬌嬌女上司》*New in Town*, 2009

用影響力領導，要比用權力來得更有效。

Influence is a much better way to lead than authority.

同期之間的競爭

一件事如果愈來愈困難，
不一定是因為你做錯了，
反而是因為你做對了。

——《AV帝王》

Sometimes things become more difficult not because you're doing them wrong,
but because you're doing them right.

—— *The Naked Director*, 2019

嗨，水ㄤ、水某：

在工作上競爭難免，但我真心覺得很累。最近與同事的衝突愈來愈多，一開始還以為只是工作上的意見不合，漸漸才發現，對方真的對我很不滿、針鋒相對。我後來猜想，可能是因為同梯的關係，大家總會把我們拿來做比較。甚至連主管也會刻意製造我們的競爭關係。

其實我並不害怕衝突，只是這種長期情緒緊繃，隨時要防備他人的感覺真的很差，也曾經試圖和對方溝通，但看來應該是無解，只好專注做自己的事。只是有時候被逼過頭了，真的不知道如何是好？

親愛的你：

我們想要推薦的，是一部分級為十八禁的日本影集《ＡＶ帝王》。

《ＡＶ帝王》的影集改編自傳記小說《全裸導演村西透傳》，劇中的男主角村西透是真有其人，在故事發生的八〇年代，村西透原本是一個英文百科全書的業務，因為公司倒閉加上妻子出軌的雙重打擊，讓他意外進入了色情產業。

村西透之所以被稱為AV帝王，不只是因為他的職業生涯中拍攝了超過三千部成人影片，更是因為他在許多方面徹底改變了日本的成人影視產業。我們覺得他最大的貢獻是打破了舊有的規範，將原本被視為「羞恥」、「骯髒」，甚至「下流」的成人影視，回歸到「人性」，以及每個人都有的「慾望」。

村西透一開始就和當時許多的人一樣，只想要一份安穩的工作好賺錢養家。但他卻漸漸發現，即使他安分守己，按照規則做事，最終卻仍淪落到失業、失婚，妻離子散。因此當他意外進入色情產業後，便下定決心從此不再任由別人差遣，而是要創造自己的命運。

村西透一開始只販售封膜的色情刊物，但隨著分店愈開愈多，進貨量大增，引起了刊物出版龍頭，波賽頓社長池澤的覬覦。池澤向他提出收購要求，村西透於是更加看好這項事業的潛力，更積極地尋找拍攝團隊與印刷廠，自己包了上游的供應鏈，自製自銷。即便被檢舉入獄，出獄後看到新媒體的崛起，他乾脆親自組隊執導，拍攝色情錄影帶。而後來更面臨池澤利用產業委員會的職權壓制，進一步切斷他的銷售通路。

村西透不僅在運作公司上堅持反抗，他在作品裡也試圖突破重圍。他認爲A片既然都以「性」作為主體了，為什麼還要躲躲藏藏、遮遮掩掩？觀眾看A片是為了滿足想像，那他就應該做到這一點。於是他不只堅持演員們真槍實彈上陣，還融入了角色扮演與劇情，讓原本只停留在「意象與唯美」的早期成人影片，進化成結合故事、角色、情慾與想像的新生代商品。他的作品因為差異化而屢創佳績，也間接造成了八〇年代錄影帶的普及，甚至電影與動畫等也因此受惠良多。

對於村西透來說，每一次的利誘與打擊，都讓他更加堅定自己的信念，投入更多的心力與資金，將自己在產業中的差異化做得更加到位。因為他知道，當競爭對手與相關團體這麼在意自己的動向時，就代表自己一定做對了什麼，並且打到了別人的痛處，所以他更要繼續突破，才能確保在創作與販售上的主導權。

《AV帝王》的例子或許比較極端一些，村西透後來屢屢觸法的行為也不足以效仿，但不得不說他正面迎戰對手的過程，的確是個愈戰愈勇的勵志故事。敵人愈凶狠，他就愈勤懇，自己的豐碩成果會說明一切。在他眼中，沒有不可能，只有不想做。

其實我們在經營「那些電影教我的事」的七年中，歷經過兩次蛻變。先是受制於Facebook機制改變，每篇貼文送不到追蹤者眼前，還好即時建立了Instagram，得以平衡Facebook的狀況。後來又看到了影音趨勢，轉型成為YouTuber，在將文字轉化成影音的過程中跌跌撞撞了一年多，才有今日的成績。

在面臨挑戰的當下，難免會自我懷疑，但有時候不一定真的做錯了，只是需要時間去溝通、改變。若目前對你充滿敵意的同事心態尚未開放，你也無法尋求主管協助的話，建議你為自己設下底線，將衝突與競爭控制在有限的範圍裡，並專注在自己的任務上，相信你的表態與表現都會讓大家知道你不「戀棧」，但也不「懼戰」。

同場加映

《麻辣女強人》*Morning Glory*, 2010

「不可能」只是個看法，不是事實。

"Impossible" is just a perspective, not a fact.

水丸也想問

離職的思考

「專業」是你能做什麼，
「熱情」是你想做什麼。

——《五星主廚快餐車》

Being professional is about what you can do;
being passionate is about what you want to do.

—— *Chef*, 2014

嘿，水某：

我問你喔，你在你的「人生遺願清單」上面寫了一條，說要在二〇一六年之前當上外商公司的行銷經理。後來你好像二〇一五年就做到了，還和我炫耀了好一陣子，甚至還談到說不定過幾年可以搬到丹麥總公司去，害我那時候還很認真地上網做功課，看看我到那裡可以做些什麼。

結果才過不到一年，你就說有點不想做了，害我整個傻眼……

好啦，其實我真正的問題，是你有沒有後悔過當初離職的決定？畢竟這可是你辛苦了好久才得到的成果，而且還曾經是你畢生的願望呢！

嗨，水**尢**：

我想用一部電影回答你，就是害我們跑遍大台北找古巴三明治的《五星主廚快餐車》！這部片是《鋼鐵人》的導演，也是長年擔綱演出鋼鐵人司機「快樂」一角的強·法夫洛（Jon Favreau）自編自導自製自演的作品。

記得嗎？強·法夫洛甚至因為這部電影，與當時的料理執導，也是美國胖卡餐車運動創始人之一的崔羅伊（Roy Choi）結為至交，與他開設了美食節目《主廚名人齊做菜》，邀約了一長串大咖演員與自己一同下廚、聊八卦。

而《五星主廚快餐車》這部電影也曾讓你寫下這句佳言：**人生最美好的，莫過於熱愛你做的事，與做你熱愛的事。**

那我的答案呢？一點都不後悔！而且離職的時間點剛剛好，不早，也不晚，就像男主角卡爾（Carl）一樣……

卡爾是一位備受推崇的明星廚師，在一間米其林餐廳烹煮著例行公事的經典料理。他一直希望能做些創新與突破，但老闆為了商業考量，設下許多限制。再加上卡爾過度執著於他嚮往的「藝術家的堅持」，不只讓家庭破碎，還得罪了食評與老闆，只好毅然離職。失去了一切的他，決定要回歸本心，找回當初想成為廚師的熱情。他靠著一台二手餐車販賣古巴三明治，巡迴全國的期間，不僅找回了對料理初心，也與疏離的家人建立全新的關係。

還記得我在二〇〇九年的人生遺願清單上許下願望，希望可以成為行銷經理，獨力主導一個品牌的營運，並且在最後的一份工作實現了。在那間玩具公司待了三年多，大部分的時間真的好充實、好快樂，我還依稀記得那幾年，加班對我而言是稀鬆平常且心甘情願的。你曾說，那時的我一提到工作，眼睛都發亮了！因為那難以言喻的成就感，什麼事都比不上，我多幸運可以擁有一份全世界最棒的工作！

但隨著公司策略與組織壯大，表面功夫、政治鬥爭一一浮現，在精神高壓下，長期以來身體狀況也出現問題，即便升職了，甚至預算變多了，但外部的管控也日益加劇。失去自由的我，好疲憊、好無力，我發現自己不再熱愛我做的事，也做不了我熱愛做的事。

在留職停薪的一年間，我試圖調整自己的生活步調，才領悟到自己對品牌的熱情一直都在，這份工作的價值也還在，只是無法靠一己之力排除外部的控制。而我也理解自己的特質，是無法對此束手就擒的，所以或許是時候離開。也是在這段期間，我才注意到自己的夢想從來都不只一個——「那些電影教我的事」是其中之一，而你也是我的夢想。

在全職加入你的這兩年多裡，我們也面臨了品牌的轉捩點：成立 YouTube 頻道、揭露更多我們自己的故事與經驗。這段時間，我體認到自己能找到同樣，甚至更勝於過去的成就感。以往掌管高額預算、團隊運作，還有水準以上的福利，讓生活安穩有保障，但身心靈卻都被困住了。而今與你的一場場冒險，包括盈虧自負、各項雜事，同樣也是經常加班，但相對來說，是更加的自由和充實。不管成果好壞，至少都是我們自己的選擇。

在當年的人生遺願清單裡，還有一欄是我們留給彼此的，我們許下心願要「啟發人心」。不敢說我們做的事情有多了不起，但至少從反饋中得知我們的文字影響了某些人的生活；或許陪伴了他們度過低潮，或許解答了他們的疑惑，甚或堅定了他們的信念，隨著時光積累，造就了涓滴成河的影響力。

你問我後悔離職嗎？一點也不！

同場加映

《街角的書店》*The Bookshop*, 2018

獨立，是因為不想依靠；勇敢，是因為沒了退路；
堅持，是因為還有希望。

One becomes independent when there's no one to depend on;
one becomes brave when being brave is the only choice;
one chooses to hold on when they believe there's still hope.

水某也想問

從興趣到專業

每個人面對現實的方法都不一樣；
有的人逃避，有的人抵抗，
有的人只是需要時間慢慢說服自己接受。

——《從前，有個好萊塢》

Everyone deals with reality differently. Some fight it; some run from it, and some just need more time to convince themselves to accept it.

—*Once Upon a Time in Hollywood*, 2019

Lessons
from
Movies

親愛的水尢：

自從加入了你一起經營「那些電影教我的事」，就一直很佩服你是怎麼面對讀者對我們作品的評價？

不管是一年一本的著作、一週兩支的 YouTube 影評，甚至是每日的貼文動態，那些讚揚或貶抑的數字都是瞬間的起伏。有時候，我們與讀者們的看法不同，我們覺得特別好的作品，卻收到寥寥無幾的反饋。還有很多時候被平台機制給影響，在演算法不斷調動的情況下，成效是否反映真實甚或影片觸及量的波動，也都讓我們感到很無力。

而這一切，你是怎麼適應過來的呢？還是說其實從未完全適應，因為環境總還在變動。當我看到辛苦的你，放不下手機，每五分鐘更新一下成效。我可以想像得到，對你這個特別在意別人看法的個性，這份工作似乎有著極大的心理負擔……

哈囉，水某：

老實說，我也常常在問自己這個問題，但直到最近看了昆汀・塔倫提諾導演的最新作品《從前，有個好萊塢》後，我才有了比較清楚的答案。

這部電影敍述在一九六九年，有一位曾靠著西部電視劇走紅的影星瑞克（Rick）在轉戰電影失利之後，察覺自己的事業漸漸走下坡而感到恐慌憂鬱。瑞克當紅時呼風喚雨，發現自己不再風光時也試圖力挽狂瀾，不管是轉戰大銀幕或接演反派，甚至挑戰與自己戲路與外型都大不同的新角色。但是**願意挑戰命運，不代表就能夠扭轉命運**。瑞克始終無法找回當年的榮景，更別提還能在好萊塢裡扮演英雄的一哥角色。

還記得我們二〇一二年剛成立粉絲團的時候，環境一片大好，才三個月就超過十萬人訂閱，第一年就突破四十萬。那個時候，不管寫什麼文章、介紹什麼電影，動輒都是破萬的讚數、上千次分享。但沒過多久就遇上了Facebook 機制的改變，一夜之間，觸及率被砍半，到後來甚至每篇文章只剩下數千個讚。

現在回想起來，那個時候的我，就和電影裡的瑞克一樣，覺得眼前的世界不再熟悉了，也不禁懷疑自己是不是做錯了什麼。但光是沮喪，也不能解決問題，我們要不就是束手就擒，任由機制宰割，或是另闢戰場，到別的地方闖一闖。

我在欣賞《從前，有個好萊塢》的時候，看到瑞克雖然很徬徨，甚至感到害怕，但即便看不清楚腳下的路，他還是努力地往前走。這也讓我回想起當初決定要離開Facebook，轉而經營別的平台時的心情。看著一個個新崛起卻很陌生的平台，每個都讓我研究了老半天，也失敗過很多次，而這些都是無法與外人道的灰心。

但我覺得這些阻礙其實是在考驗我們對「寫影評」這件事的熱愛，每次一個平台的失敗，只是在督促我們去嘗試下一個平台。而也是在這個過程中讓我們找到了Instagram、LINE，以及YouTube這些本質上很不一樣的平台，也才催生出現在各式各樣的「那些電影教我的事」。

不過，沒有一個答案會永遠適用，就像瑞克即便在義大利影集裡重拾了部分的往日榮光，卻仍得面對注定會來到的、下一次的失敗。而我們能做的，除了在那之前提早準備，也要做好心理建設接受現實，然後踏出下一步吧！

同場加映

《火花》*Hibana*, 2018

錯誤不等於失敗，
你只是在人生中不斷學習而已。
Mistakes are not failures;
they are just lessons to be learned in life.

DEAR
FRIENDS

第四場

關於人際——

我亦是你生命中的演員

在別人眼中的「你」，
可能扮演的是父母、孩子、同事，或是朋友。
在不同的場合上，每個人都被賦予了特別的角色意義，
有著不同的人際相處課題。

在人群中的疏離感

孤單久了會寂寞，寂寞久了會習慣；習慣久了，人也就變冷漠了。

——《聲之形》

Stay alone and you become lonely,
stay lonely and it becomes a habit;
once it becomes a habit, you become indifferent.

—— *A Silent Voice*, 2017

親愛的水ㄤ、水某：

我是一名大學生，個性比較內向，不擅長和別人相處。以前一直有這樣的困擾，但或許小時候有好朋友陪伴，所以感受不深，直到後來才漸漸意識到，原來這是一種心理障礙。

進入大學前，心裡本來有很多期待，覺得可以重新開始，展開新的人生，但是事實並不如想像中那麼美好。

因為對於自己的科系不是很有興趣，班上小團體一群一群，而我總是一個人，有時候覺得孤單，但也不想勉強自己加入某個團體。我常常納悶為什麼交不到朋友，或者是交到朋友卻感受不到以前那種很合得來的感覺，忍不住懷疑是自己的問題，常常都有種無力感，對大學生活感到滿失望的。

親愛的你：

過去一直都有學者機構在研究人的幸福指數，想要發掘出幸福的泉源到底是什麼？而在大部分的報告裡都曾提到，相較於升官發財、旅遊美食等我們總是覺得匱乏的事物來說，「良好的人際關係」才是促成幸福感最重要的一項指標。哈佛大學醫學院教授羅伯．威丁格（Robert Waldinger）在他所主導的一項的「幸福感」長期研究計畫中，似乎找到了答案。

他從一九三八年開始追蹤七百多位成人，每年訪談他們的生活、健康、工作、婚姻等狀況，發現「良好的關係」是在滿足人的基本慾望之外，最能帶給人們健康與快樂的指標。

你一定會覺得根本不需要學者研究，因為沒有好朋友在身邊就已經很痛苦了。而在我們想要推薦的電影《聲之形》當中，更是可以佐證這一點。

改編自同名漫畫的主角石田將也是一位高中生。小學時的他是一位調皮搗蛋的男孩，曾對剛轉學過來的一位聽障女同學西宮硝子百般霸凌，也導致她沒過多久就被逼得再度轉校。但這件事卻使將也被身邊的人排擠，讓他不只沒有朋友，對於硝子也心存愧疚，所以在高中時動了自殺的念頭。

在將也的眼中，除了親人之外，身邊所有的人臉上都畫了一個大叉叉。這個記號象徵的是將也失去的生命熱情，身邊的人對他來說都只是與他無關的陌生人。他看到了對方的臉，卻不知道對方長什麼樣子；他聽得到對方的聲音，卻不知道對方在說什麼。習慣在同儕之間不看、不聽、不說的他，總是低著頭胡思亂想，才會沒注意到——

在這個世界上，並不是只有他想要友誼，也不是只有他感到格格不入，更不是只有他曾經想不開……

《聲之形》漫畫的原作者曾經說道，在這個故事中，她想要表達的中心思想，其實是「**人與人之間，相互傳遞心意的困難**」。而為了要生動傳遞這個意境，作者才以「欺負聽障少女」作為題材，並翻轉霸凌的角色，讓「難以傳達自己心意」的意涵戲劇化地呈現出來。

我們猜測，電影裡的許多局部視角，應該就是在暗指片中人物們「總是以自己的觀點來看外界」，以至於自己太過武斷狹隘，甚至是妄自菲薄。

我們總是在低落無助時貶低自己，認為世上少了自己也沒關係，但卻沒發現，沒有人能替代我們去愛身邊的人，甚至被愛，而每一個人也都不想落單，都努力地隱藏自己的疏離感。

這部電影讓水某哭最慘的地方，就是電影最後，將也敞開心房的轉折，他突然發現這個世界的一切都無比美好，他終於能夠清楚地看見每一個人的臉，聽到每一個人所說的話語，也感受到每個人內心的美麗。他才驚覺，一直以來自己並不孤單。

同場加映

《借來的100天：動畫劇場版》*Colorful*, 2010

只要你敞開心胸去關懷，你會發現，被安慰的反而是自己。

If you open your heart to care,
you'll realize that you are the one who gets comforted.

不想成為邊緣人

就算得不到肯定，還是要盡力；
全力以赴不為了別人，而是為了自己。

——《八年級生》

Always give your best even when no one acknowledges it;
work hard for yourself, and not for anyone else.

—*Eighth Grade*, 2018

水ㄤ、水某您們好：

我剛上大學沒多久，學校有許多迎新活動，同學們也都在討論要參加哪些社團，或要一起去哪參加活動。看著大家這麼熱烈的互動，對比之下，我就顯得更加孤單。

其實從小到大，每到新環境，我都要花上一段時間才能與大家熟識，就是所謂慢熟的個性。認識新朋友對我來說壓力已經很大了，現在上了大學，課外活動更多，不去參加好像太邊緣。好不容易鼓起勇氣拒絕，就被說不合群，但逼迫自己參加，實在是非常痛苦。

在活動現場的我，往往只會尷尬，更怕被人家指指點點，怎麼辦呢？這到底是什麼問題？是我太沒有自信嗎？

親愛的你：

我們想要推薦給你的電影，是非常真切又溫暖的《八年級生》。

凱樂（Kayla）正值十幾歲的青澀與尷尬，她自認是個有想法、也喜歡分享的人，每天都會自拍影片上傳 YouTube，教大家怎麼社交，或是為觀眾加油打氣，即便她的影片應該只有她的爸爸在看。但沒想到畢業前夕，班上同學在投票最受歡迎或最有特色的同學時，凱樂居然領到了「最安靜」的紀念獎。這一點，出乎凱樂的意料之外。

而身為觀眾的我們，隨著她的日常，才逐漸發現，凱樂雖然在鏡頭前侃侃而談，好像十分有自信又善於交際，但事實上並非如此。原來在一張張幸福開朗的照片之下，是她拍了又刪，刪了又拍的自拍像；鼓起勇氣去參加同學的泳池生日派對，因為自卑肉肉的身材而躲在浴室裡不敢出來；好不容易走到場中，又不敢與人交流，只好泡在泳池的角落；還後悔自己送了一個不合時宜的禮物，在眾人面前出糗。

老實說，我們覺得這根本就是自己的寫照啊！還沒結婚時的我們，也都不善交際，不愛出席社交場合，學生時期最不喜歡參加夜唱，因為很吵，不能早睡，還要裝熟；大聲說話，又沒有交流的品質。就連上班之後，不得已要參加這類活動，還要找機會提早溜走。要不然就是自告奮勇地幫大家買東西。

結婚之後，還好有彼此，我們有默契地絕對不會讓另一半獨自出席餐敘、活動。不得已要出席時，我們總是提前到達，與主人聊天，完成了出席的目標任務，能早走就早走。久而久之，交際圈裡的朋友們也都接受了我們的個性，改由私下單獨聚會來見面、分享近況。

但對於一個還在學，青春期的孩子來說，凱樂不得不經歷這段成長的過程，學習怎麼面對這樣的人際壓力與批判眼光。我們看到總是侷促不安的她，卯足了全力嘗試交際、走出舒適圈。有時候來自同儕們的一點點力量，就能夠促使她跨出一大步。本來都已經急叩老爸開車來救她離開了，但遇到了心儀的男生之後，她鼓起勇氣回到交誼廳，甚至還拿起麥克風唱卡拉ＯＫ。相信日後她若回顧成長的日子，出席派對的這天，必然是個轉捩點。

我們覺得這部電影很真實卻又暖心的原因是——凱樂的影音日記主題，總是呼應著她的真實生活，她在鏡頭前所講的，在她接下來的生活裡就會得到驗證。而這些課題有時成功，有時也會失敗。但我們得以從她的掙扎與害怕當中，和她一起克服自己心中的障礙。

別擔心，你絕對不是唯一不喜歡社交的人，而且**誰說為了生存，就一定要勉強自己徹底改變呢？**若能視場合與目的來決定自己是否需要適時地偽裝，並且不要忘記把那張「暫時的面具」取下。只要自己一直以來都是以誠待人，相信時間久了，同學們都會理解的。

同場加映

《我們的故事未完待續》*Me and Earl and the Dying Girl*, 2015

只因為你不知道該如何跟身邊的人相處，
不代表你不需要他們留在你身邊。

Just because you don't know how to get along with those around you,
doesn't mean you don't need them around.

撕不掉的標籤

不是每個遊蕩的人都迷了路，
或許他正在追逐一個你無法想像的夢。
——《小丑》

Just because someone's wandering doesn't mean he's lost.
Perhaps he's just chasing a dream that no one understands.
——*Joker*, 2019

水ㄤ、水某你們好：

這個問題困擾我很久了。從小，我的個性就比較膽小，表達能力也比較差，不大習慣對長輩表達出自己內心的想法。在同學當中，也曾經因此被欺負、嘲笑。

但我很喜歡畫畫，雖然不一定能畫出什麼成績，但至少我做得很開心、沒有壓力，也只有在畫畫的當下，讓我覺得很自由。

我希望這項唯一能讓我宣洩情感的事物，可以成為我未來的志業。但我身邊的人雖然不明說，卻都抱著懷疑的眼光。他們甚至還表露驚訝，詫異於我為什麼要這麼堅持去上一些課，花這麼多時間和金錢在畫畫上面。

有時候，我真的感到很不公平，快要窒息了。所有事情我都配合，我只要求不要有人管我畫畫，這難道有什麼不對嗎？

親愛的你：

我們推薦給你的是在上映前就獲得極大關注，並贏得威尼斯影展最高榮譽金獅獎的電影《小丑》。

繼二〇〇八年由已故影星希斯·萊傑（Heath Ledger）所飾演的小丑，實力派演員瓦昆·菲尼克斯（Joaquin Phoenix）這次的表演在造型與路線上雖和希斯·萊傑有幾分神似，卻也走出了自己的風格，就連肉體也配合演出，幾幕骨瘦如柴的枯槁身形就像是小丑扭曲思緒的延伸，讓觀眾完全感受到了這個角色從裡到外的崎嶇心境。

《小丑》專注在角色的形塑上，與其他的超級英雄電影相比，沒有「電影宇宙」的因果關係。這部電影的主軸，可以說是「小丑養成記」，讓我們看到亞瑟·佛萊克（Arthur Fleck）在成為「小丑」以前的人生，並且以他成為了「小丑」的那一刻作為結束。亞瑟個性溫和善良，卻因為腦部受過創傷，會不由自主地放聲大笑，造成自己以及身邊的人的困擾，必須靠藥物才能稍微控制病情。他和無法自理的媽媽相依為命，平時靠著打扮成小丑出席活動維生，但因為高譚市的大環境不好，使得收入不穩定的他們生活頗為困頓。而接連出現在生活中的打擊，也使得他出現愈來愈多幻覺，無法分辨現實。

亞瑟一直以來最大的心願，是要成為一名帶給大家歡樂的獨角喜劇演員，也就是英文裡的Stand-up Comedian，或者是Joker，透過說笑話來逗觀眾開心。無奈時不我予，亞瑟只能打扮成外表滑稽的小丑（Clown），靠著被人訕笑維生。

當一切狀況都不能再糟時，亞瑟珍視的夢想還被自己的偶像，一位知名脫口秀主持人拿出來在電視上嘲笑。這一連串的事件，終於讓亞瑟理智斷線，藉由暴力來釋放自己一直以來的痛苦。

這部電影是場極端的呈現，目的是為了要提醒觀眾反思現今社會缺乏同理心的狀態，並非鼓勵在生活中受到壓抑、打擊的人們用暴力去證明自己的存在價值。對於精神病患，除了家人的支持，還應有工作環境的支援，醫療與社福機構的配套，甚至是社會的群體關照，交織成一道不漏接的安全網。而在電影中，亞瑟接觸的所有人事物都出錯了，在負面事件不斷地積累之下，養成了難以捉摸的「小丑」，而這樣的代價是整個社會都要承擔的。

我們推薦這部電影給你，是想要提醒你「還有選擇」。如果畫畫是你喜歡的事，那誰也無法阻擋你。**身邊的人或許只是擔心你太過投入這件事，而忽略了其他也很美好的事物**，反而讓自己的選擇限縮在兩個選項裡——不是畫畫，就是聽別人的話。

但其實，你一定能找到能兼顧自己的興趣也讓身邊的人安心的方法，或許現在只是因為自己的個性而壓抑了許久，所以當好不容易找到一個出口，就更加堅持罷了。

電影中的亞瑟是一個負面的案例，他的偏激行為源於一連串社會機制的錯誤，以及自己對於精神疾病的失控，縱使他最後勇敢成為霸氣十足的「小丑」，看似不在乎外界看法的自信模樣，但他還是嚮往被關注、被崇拜，並沒有完全擺脫掉外界賦予他的枷鎖。這說明了他也只是個需要關愛的平凡人，就像我們一樣。

不過我們相信已經從畫畫中找到自信的你，一定有辦法藉由畫筆向身邊關心你的人描述真實的自己，並且從中生出更多力量去面對外界的質疑。至於那些不相干的閒雜人等，何必在意他們的眼光，又何須浪費時間與他們解釋呢？

同場加映

《我們與惡的距離》*The World Between Us*, 2019

這世上有兩種假的正義：用自己的罪懲罰別人，和用別人的罪懲罰自己。

There are two types of false justice: punishing others with your own sins, and using the sins of others to punish yourself.

逐漸冷卻的友情

最難表達的祝福，
是看到最愛的人在你之外找到幸福。

——《無敵破壞王2》

It's always hard to give your blessing
when someone who you love so much
finds happiness in someone else.

—— *Ralph Breaks the Internet*, 2018

水ㄤ好、水某好：

我是一個很少依賴其他人的人，總覺得能夠依靠的最終還是只有自己，唯一的例外是我以前的好朋友，每當我難過、壓力大、不知道該怎麼辦的時候，就會打電話給她，讓自己可以喘息。她是一個我可以放心依賴，不太有負擔的對象。

然而她最近交了男朋友，卻不敢跟我說，怕我生氣然後疏遠她，我聽了反而更加難過，她難道不知道這麼做才會讓我覺得被排除在外嗎？

我知道友情有一種階段性，不同的階段會有不同的朋友。不過這常常讓我覺得很寂寞，但我最終還是對此麻木了。後來的我甚至認為，不如一開始不要那麼親近，就不會有疏遠的感覺。

老實說，所謂的友情到底是什麼樣子？我開始有點不理解了。

親愛的你：

我們想推薦給你的電影是《無敵破壞王2》。

這部電影的主角，是一位在電玩裡扮演反派的破壞王雷夫（Wreck-It Ralph），他一開始是個被所有人都討厭的大壞蛋，直到遇見同樣被排擠的雲妮露（Vanellope）才驚覺——他不需要所有人都喜歡他，只要懂他的人喜歡他就夠了。即便後來雷夫和其他的角色們都成了朋友，但在他心目中，誰也無法取代雲妮露的地位。知足的雷夫希望安穩的生活可以永遠不要改變，因此洗腦式地不斷告訴雲妮露，這樣有彼此相伴的人生太完美了。

雲妮露雖然很享受和雷夫相處的時光，但她也漸漸察覺雷夫對自己的依賴。或許一開始還能接受，但雷夫漸漸開始管東管西，甚至對雲妮露後來結交的新好友感到不悅，也間接造成了雲妮露的壓力。

雲妮露和雷夫不同，她雖然珍惜雷夫這位知己，但她其實不甘心日復一日過著同樣單調的人生，也因此當她體驗過網路的自由之後，產生了不想要再回到遊樂場的念頭。此時最讓她煩惱的，卻是不知道該怎麼告訴雷夫自己的想法，因為她很害怕雷夫無法接受。

雷夫最大的弱點，就是對於雲妮露的依賴，以及害怕失去她的恐懼。也因此當雷夫發動病毒擴散時，病毒們唯一的目的就是要抓住雲妮露，讓她永遠留在自己身邊。

片中有個特別的安排，就是造成大混亂的病毒有個特性，會搜尋並且複製程式裡的安全漏洞。在電影裡，「安全漏洞」所使用的詞是「Insecurity」，如果用字面上來翻譯的話，意思就是「沒有安全感」。

雲妮露將雷夫對她的恩情永遠銘記在心，但這並不代表她就有義務要用自己的人生作為報答。而雷夫所表現出來的反應，其實也常常發生在現實生活裡。和我們愈是親近的人，我們往往愈不替對方著想。為了達到自己的目的，甚至有時還會利用彼此之間的關係作為要脅，靠著情緒的霸凌與勒索來逼對方就範，也替這段原本應該帶來喜悅的關係，套上了令人窒息的框架。

你說得對，**友情是有階段性的，隨著成長與經歷不同，每個人本來就會進入到不同的階段**，但這並不是負面的事，也不是要改為「不抱期待就不會受傷害」的心態去與朋友交往。

試想，每個人都有親情、工作、愛情、自我，以及友情等需要時間與精力去經營的關係，每個人都在找尋平衡。你的好友想試著在愛情與你之間取得平衡點，而未來的你也會在工作、愛情，甚或好友中間找到平衡點，這是取捨，也是自己該努力去做到的事。何不趁現在多一些獨自一人的機會，去想想自己想要什麼樣的生活？成為什麼樣的人？先享受自己一人的自由，等到以後生活中有愈來愈多面向需要去兼顧時，你或許還會想要多一點自己的時間呢！

同場加映

《喜劇天團・勞萊與哈台》*Stan & Ollie*, 2019

普通的友情在爭執之後結束，
真摯的友情卻在爭執之後開始。

Simple friendships tend to end with an argument;
true friendships often start with one.

應酬交際是必要的嗎？

取悅一個人之前要考慮兩件事：
他在不在乎，與值不值得。

——《失蹤網紅》

Two things need to be considered before you try to please others:
are they worthy, and do they care.

—*A Simple Favor*, 2018

水ㄤ、水某你們好：

公司裡總會有那種跟你演一套、背地裡又說另一套的人。在我們公司，這種人還真不少，尤其是需要你的時候，就把你捧上天；當你被邊緣化時，就狠狠踹上兩腳。

偏偏這樣的人，大家討厭歸討厭，卻還是會怕得罪他，表面上得要附和個幾句話，不然哪天輪到自己倒楣，被獵巫的就是自己。

我實在是看不慣這樣的嘴臉，要我皮笑肉不笑還真的做不到，可是又不想成為不合群的箭靶，難道就得跟著玩這一套嗎？

親愛的你：

我們推薦給你的電影是《失蹤網紅》，像是天真版的《控制》，也像是成人版的《辣妹過招》，是一部風格獨具的黑色懸疑喜劇。

艾米莉（Emily）與史蒂芬妮（Stephanie）是背景與個性截然不同的兩個女人。艾米莉是一名職業婦女，強勢幹練，每日身著亮麗的華服到學校接兒子下課，還有個深愛她的丈夫。單親媽媽史蒂芬妮在學校認識了艾米莉。個性溫和熱情的她，打從心底羨慕著艾米莉這個屬於勝利組人生的完美女人。

兩人因為各自的兒子結交成好友，互相分享祕密，但接下來卻發生出乎意料的驚人轉折。

艾米莉曾讚嘆史蒂芬妮：「你好善良，真不知道你是怎麼活到今天的？」但史蒂芬妮卻回應：「每個人都有黑暗面，只是有些人隱藏得比較好而已。」原來兩人藏有不為人知的祕密，對彼此都抱著想要親近但卻防備的心理。

艾米莉其實有個悲慘的童年，她與雙胞胎姐姐放火燒了自己的家，以逃離父親的魔掌，兩姐妹也自此改換身分，避不見面。但吸毒沉淪的姐姐眼紅艾米莉的成功，不斷在金錢上勒索她，害她在經濟上也出現危機。所以一直以來，艾米莉從不與人交心，也時常擔心自己的真實身分曝光。

史蒂芬妮曾與同父異母的兄長發生親密關係，婚後被丈夫發現，丈夫獨自駕車與兄長談判，沒想到兩人卻意外身亡。一夕之間，失去兩名摯愛的史蒂芬妮自責又寂寞，讓她對艾米莉擁有的一切更加羨慕。

在電影中，我們看到兩人的心境都呈現在服裝上。艾米莉的風格幹練時尚，但一層又一層的背心、外套、手套，都顯現出她在情感上的層層偽裝。喝著調酒、躲藏在華服與豪宅之下的她，其實是不快樂的，因為她總是想要用外在的表象填補內心的空缺。而史蒂芬妮的穿著雖然不如艾米莉繁複，但甜美可愛的小碎花風格，卻透露出她對愛與浪漫的渴望，也暗示了她在後續輕易在道德底線上讓步的性格。

我們相信，祕密是需要與信任交換的，一個人藏了愈多祕密，就愈容易懷疑別人。**當你為了示誠而加入這樣的虛偽陣營，總有一天，會被出賣的還是自己。**

對於總是偽裝自己的人，或許私底下的他有許多苦衷。雖然不需要詆毀歧視，但當他展開惡意攻擊時，就要對他敬而遠之，甚至留下一些證據以自保。

人性還是渴望光明與良善，艾米莉與史蒂芬妮一開始會成為閨蜜，也是基於渴望友誼。只是遇到了利益衝突，或是感到被利用、背叛，兩人才反目成仇。

不過在職場上，一些得裝模作樣的社交場合的確少不了，雖然我們也都很排斥，但不得已的時候還是得要參與並禮貌地談話。可以聊些風花雪月的話題，不要透露太多的意見或隱私，免得被有心人士操弄。總而言之，不用太勉強自己，許多「辦公室政治」的八卦聽聽就好，不一定要參與；只是如果可能危害到個人利益，就要及早布局了。

同場加映

《我愛上流》*Fun with Dick and Jane*, 2005

虛偽的人忙著維持假象，
真誠的人沒空裝模作樣。

Fake people are always busy pretending,
while real people don't have time to care.

與家人的緊張關係

愛有一種用處，
就是拿來填補彼此的不完美。

——《橫山家之味》

Love has the ability
to mend the imperfections of one another.

—— *Still Walking*, 2008

給水尢與水某：

我與媽媽獨自住在外面，因為她和外婆的關係很不好。其實我們兩人也時常吵架，往往是我先向她認錯。我實在很不想與媽媽住在一起，也曾經表達過要外宿的想法，不過在她的強烈反對下，只好先暫時放一邊。

最近一次的爭執，讓我媽說出以後要我自己賺學費，想辦法繼續念書。原本以為她只是一時氣憤，沒想到這次她是說真的。

這讓我開始掙扎，是否還要繼續留在這裡念書？我其實想要出國，現在甚至在想，是否乾脆放棄升學，直接自己存錢完成夢想呢？

親愛的你：

我們推薦給你是枝裕和導演的經典代表作《橫山家之味》。

橫山一家位於海邊的偏遠小鎮。老父親恭平是個退休的醫生，他一直期待著家中有個孩子能夠繼承他的衣缽，卻也因為老是擺出一家之主的架子，而與家人的關係較為疏遠，所以他的生活起居一直都是由太太淑子照顧著。

兒子良多老是與爸爸意見不合，他的工作也不被家人讚許。當困頓失意的良多帶著新娶的太太由香里與繼子一同回到家裡，姊姊千奈美與姐夫也帶著他們的孩子回到家裡團聚用餐。在席間，這個家庭的祕密才逐步被揭開。

原來橫山一家還有個大兒子純平，卻在好幾年前因為救人而溺斃。這個家庭表面上照常過日子，但每個人心中都有個難以紓解的痛處。爸爸氣良多不如純平，且不願意接續家中診所的工作，良多也怨爸爸老是拿哥哥與自己比較。媽媽放不下害兒子死的外人，每年忌日都要對方來贖罪，也不認同良多為何要迎娶帶著兒子的由香里，同時又要面對女兒覬覦著家中屋產。一家子多年的怨懟與傷痕，在這兩天一夜，純平的忌日之時，一一被撕開與檢視。

是枝裕和導演在他的雜記《我在拍電影時思考的事》中寫道，《橫山家之味》是他對母親過世的療傷止痛作業，他想要把一家子紛紛擾擾，以及「人生總是有點來不及」的感覺，用鏡頭述說出來。

其實母親與你的互動，某種層面是用「爭吵」去確認自己的母親角色；你也可能以叛逆、離家，以及認定「自己是孩子，母親無論如何都會配合自己」而反過來「吃定」母親。我們無法斷定誰對誰錯，但已經感受到「因為恐懼，開始互相勒索以改變對方心意」的模式了。

試著把自己抽離出來，去想想母親與外婆的疏遠關係是源於什麼？而你在其中的角色又被如何看待？你們時常的爭吵，問題根源可能是什麼？是母親怕又失去一個親人的恐懼嗎？

如果母親的一些創傷與狀態無法改變，是否自己也可以做一些應變。**若是一味地逃開，反而是愈逃讓她愈沒安全感**。

在電影一開始，我們可以看見良多一直很抗拒回家，尤其是畫面中重複出現老家前面的長階梯，象徵著回家的艱辛。這段路讓排斥回家的良多走得不情不願，但也同樣是這段路，讓良多與我們看見老父老母的步履蹣跚。

分別從良多與父親的立場來看，兩人都沒有錯，也都愛著對方，但卻都虧待了彼此。良多不能體諒老父失去兩個兒子的空虛感，但老父也沒有顧及到良多已是一個獨立的個體……

《橫山家之味》的原文片名「歩いても歩いても」，是「一步步向前走，步履不曾停歇」的意思。就像是在影射生命快速的流逝以及世代不斷的傳承，當良多又錯過了幾年哥哥的忌日，沒有回家團聚，父母也就相繼離去了。終於換成他帶著下一代來為父母上香，但心中也還放不下這「總是遲了一步」的深切遺憾。

而現在的你，暫先不用煩惱學費的問題，不管怎樣，學校都還有學生貸款的機制。

水某大學四年的學費也都是先貸款，之後再自己工作還款的。出國念書的念頭也都還有時間從長計議，最重要的，反倒是先修補你與媽媽之間的心結與衝突喔！

同場加映

《星際救援》*Ad Astra*, 2019

釋懷不等於遺忘，你只是學會了用另一種方式永遠懷念他們。

Moving on doesn't mean you'll forget;
you just found a way to remember them forever.

無法諒解父母

「命運」並不是生命中注定會發生的事，
而是你選擇去做的事。

——《我的意外爸爸》

Destiny is not something that's predetermined;
it's something you choose to do when you are determined.

— *Like Father, Like Son*, 2013

水ㄤ、水某你們好：

我很喜歡狗狗，最近終於也領養了一隻。但小狗愛叫又愛亂咬東西，每次犯錯，就會被我打。而在一次又一次的訓誡當中，我失去耐心、下手愈來愈重。

直到有一次，牠可能嚇到了，完全不敢靠近我，我才意識到自己已經打到不分輕重了。就算我怎麼哄，狗狗再也不敢親近我了。

這個事件讓我突然聯想到自己一直以來的恐懼。我的爸爸以前只要生氣就會打小孩，被打的過程我都還記得一清二楚，所以我一直都很害怕自己會和他一樣，控制不了自己的脾氣，也常常自我提醒，千萬不要重蹈覆轍。但狗狗躲起來的樣子證實了我的恐懼，原來，我其實跟我爸沒有兩樣。

親愛的你：

我們想推薦《我的意外爸爸》給你，這是另一部是枝裕和導演的作品。

同上篇的《橫山家之味》，這部的主角也叫做良多，他是一名事業有成的傑出青年，和妻子扶養著獨生子慶多。原本看似美滿的家庭，卻在某天被一通來自醫院的電話給打亂。原來兒子出生時，醫院發生了抱錯孩子的事件，養了六年的愛子慶多，竟是別人的兒子。面對這突如其來的打擊，良多陷入了血緣與親情之間的痛苦抉擇。

一直以來，良多對寶貝兒子慶多抱有很高的期望，希望他應該像自己一樣強勢又有主見，有時也會責備妻子太過寵愛，才會讓兒子的個性太過溫馴，不像自己。當確認慶多並非自己親生，更曾直覺地脫口而出：「難怪跟自己這麼不像！」直到後來將親生的兒子琉晴換回來照顧時，他才深切體悟到血緣並非一切，而慶多在他心中早已經是不可取代了。

發現慶多在離家前用相機拍了許多自己在日常生活中的照片，良多也才恍然大悟，自己已經無情地複製了嚴厲父親的言行，傷害了深愛著自己的慶多。

電影裡有一段劇情：一向強勢的父親為了見到良多而主動示弱，卻還是無情地要良多和孫子盡快切斷關係。父親說：「父子就是這麼一回事，不住在一起也會相像。聽著，這就是血緣……親生的兒子會跟你愈來愈像。」對良多而言，他並不願意與父親相像，但自己早已下意識地「變成」父親。當看到慶多執拗地不肯與自己相見，他才驚覺，**父子相像不是血緣必然之下的宿命，而是自己的「選擇」**。於是他向兒子道歉，讓兒子知道「軟弱」是正常的，偶爾想要「放棄」也可以。他最終「選擇」成為一個慈愛的父親。

家庭教養的確很重要，畢竟被體罰的衝擊直接影響了你。但不用太擔心，至少你非常有自覺，知道要怎麼斷開這個「輪迴」。但也可以同時想想，或許在當時的時空背景，父親有他無可奈何之處，他也是人，會有脾氣，也有無助的時候，若你能找到方式去和解並放下，那麼就絕對不會再重覆這樣的錯誤了。

其實水某從小也一直很擔心自己會承襲上一代的許多問題，例如對細菌的恐懼、執著於要用自己的方式做事、一生氣就會掉眼淚、太過冷漠等等。以前只要一發現自己出現這樣的傾向，就會矯枉過正，進退失據。年紀漸長，開始學習改變心態，不刻意避開父母的作法，而是去想還有沒有更好的選擇。慢慢地，除了愈發能夠諒解父母，也培養出獨特的人格特質，成為揉合了上一代以及自己生命歷程的個體。

我們覺得「過去的遺憾」應該是要教會你，而不是束縛你。

同場加映

《我想有個家》*Capharnaum*, 2018

有些傷痛之所以刻骨銘心，是因為自己當初無能為力。

Some wounds are unforgettable right now because they remind us of how helpless we were back then.

水丸也想問

沒時間陪伴重要的人

活在過去的人低落，活在未來的人不安，
活在當下的人平靜。

——《日日是好日》

Those who live in the past are depressed;
those who live in the future are anxious;
those who live in the moment are calm.

—*Every Day a Good Day*, 2019

欸，水某：

過去這兩年，從經營 YouTube 頻道開始，我們兩個最常在回家的路上感嘆：「怎麼一天又過了？」「怎麼這禮拜就沒了？」「怎麼今年只剩沒幾個月了?!」

仔細想想，應該是每週兩支新片就占去了我們大部分的時間，其餘時間來寫專欄、寫書、設計貼文素材、分析數據、開會、演講、出席活動等等，也都很不夠用。不僅和我們的爸媽幾週才講一次話，甚至好幾個朋友、同事也都不再見面了。

我們的生活似乎變得最近愈來愈匆忙、緊縮，更驚覺又一部熟悉的電影居然已經上映二十幾年了（例如《駭客任務》竟在上映二十年紀念版！）。時光飛逝，真的很可怕啊！

親愛的水ㄤ：

我要推薦給你一部清新溫暖的日本小品電影，《日日是好日》。這部電影改編自作家森下典子的書《日日好日：茶道教我的幸福15味》，記錄了她二十五年來學習茶道時所領悟的人生至理。

典子是個性格嚴肅、心意不太果決的大學生。她平時沒什麼好惡，只是很羨慕直腸子的表姐，總是能夠很輕鬆地表達自己的想法。

她在二十歲那年的春天，跟著表姐去向武田老師學習茶道，一開始對茶道充滿疑惑的她，後來居然成了老師的得意門生，獨自在這裡度過二十五個春天。她從不斷重複的茶道儀式中，找到自信與成就感；自茶道教室時時更換的書畫中，格物致知；也從窗外四季變化裡，領略時光的荏苒；更在武田老師不經意的話語中，體會了人生的真諦。

在百年前的茶會盛典上，古時候的人們因交通不便，無法即時通訊，每次的會面，就是「一期一會」——一輩子就可能只這麼一次。所以，不管是主人或是賓客，都要用心接待，珍惜當下。這樣的精神也反映在茶道教室裡，不管是武田多年前逝去的老師，或是典子剛去世的父親，甚至是茶道教室裡的每個學員，都是有緣才能相聚，而這個緣分會有終結的一天，也會以另一種形式延續下去。

典子說，世上的事，大抵分為兩種。一種是立即就能理解的事，另一種就是無法立即理解的事。

她在二十歲那年接觸茶道，用一堆問題問倒了老師，但武田老師只說：「要把形式先熟悉了，之後再放入心意，就會懂了。」我想茶道與人的聚散離合一樣，就是被歸類在「無法立即理解的事」中吧。

說了這麼多，其實我也很苦惱，總覺得年紀大了，對時間的相對感受愈變愈短，還來不及細細品味，時間就過了，人就離開了。但我想，**不管如何，時間對人都是公平的，每個人都只有二十四小時，要怎麼為時間排出重要性、如何善用零碎的時間，我們都擁有主導權**。我們可能都因離開職場一陣子了，所以在忙碌中，有時居然忘記此刻有多充實、多幸福。

你還記得我們曾經在二〇〇九年列過的人生清單嗎？是時候該更新了吧？或許經由這樣的檢視，我們心裡會更踏實，確認自己是走在對的道路上，只是有時候腳步太快，有點累而已。

武田老師的茶道教室裡掛了一幅字畫，寫著「日日是好日」。**不管什麼季節、不管我們是何年歲，每一天的時光對我們來說都很寶貴，我們都要銘記以一期一會的精神來珍惜身邊的每個人。**

順帶一提，《日日是好日》也是日本國民奶奶樹木希林的離世之作，這位女演員似乎也在她所飾演的武田老師身上，注入了她一貫豁達從容的人生觀呢！

同場加映

《在咖啡冷掉之前》*Before the Coffee Gets Cold*, 2018

試著享受生命中的一些小事吧！

有一天當你回頭看時，會發現那些才是最重要的大事。

Try to enjoy the little things;
one day when you look back,
you'll realize they are the most important things of all.

水某也想問

對他人的各種恐懼

悔恨其實是一種恐懼，
若你選擇逃避它，等於是讓它控制你。
——《牠：第二章》

Regret is a form of fear;
to run from it means to be controlled by it.
—— *It: Chapter 2*, 2019

Lessons
from
Movies

嗨，水ㄤ：

我深知自己有個問題，這件事影響了我在生活裡的許多層面，應該也對你造成深切的困擾。這個問題就是，我很恐懼事情不如我所預期地發展。

我記得以前應徵的時候，若面試官問我有什麼缺點，我會老實地說，希望所有事情都在自己的控制中，所以有一點強迫心態，可能要注意一下跟同事的互動模式。而我第一次向員工自我介紹時，也是說自己很容易擔心工作上有意外，若同事預期會出包或有可能需要幫忙，請一定要提早跟我說，不然我會很生氣……

工作或許可以用一些管理方法去控管，但生活層面與待人處事卻很難如此。我自己分析了一下，這種事事只相信自己、不放心交託給別人的個性，應該是源自於童年生活裡面臨了許多變動，所以總是預期事情一定會出錯，導致很緊張地重複確認，也就習慣了在恐懼中生活，這真的很累！關於這點你有什麼建議嗎？

嗨，水某：

你的這個問題，其實我老早就發現了，所以我每次皮都繃得很緊啊（立馬轉移話題）。

我想推薦給你的電影，是一部很優秀的恐怖片，《牠：第二章》。《牠》是改編自恐怖大師史蒂芬．金（Stephen King）的同名經典小說，故事敍述在美國一個名為德瑞鎮的地方，每二十七年便會發生一連串的意外或失蹤事件，導致大量的孩童死亡。在德瑞鎮出生長大的少年比爾（Bill），他的弟弟喬治（Georgie）就是在一九八八年十月的一個雨天在下水道失蹤，而這一切的背後，是由一個來自外太空、藉著吞噬人的恐懼與肉體維生、被稱為「牠」的謎樣生物所造成的。

因為「牠」非常喜歡人們害怕時散發出來的「恐懼」味道，所以「牠」會化身成為孩子們心中最害怕的東西，先品嘗他們的恐懼，然後再張口吃掉他們。

要知道我們之所以會害怕某件事物，往往都是因為這件事物曾帶給我們不好的回憶，或是曾經從別的地方聽過類似的經歷。例如有些曾經溺水過的人會很怕水，有些出過車禍的人會很怕車，甚至有些被劈腿過的人會很害怕感情。而「牠」因為可以察覺人們內心深層的恐懼，因此「牠」知道，只要化成那樣事物，就可以毫不費力地讓目標因為害怕而無法反抗。

第一集的最後，比爾和他的朋友們成功地打跑了「牠」，離開了德瑞鎮，看似從此擺脫陰霾，安心長大。後來比爾成為了一個有名的作家，雖然作品大受歡迎，可是他筆下的每一個故事結尾都被讀者詬病。雖然電影裡沒有詳細說明到底為什麼比爾的故事結局寫壞了，但我覺得這應該和他小時候的經歷有關。

比爾非常疼愛弟弟喬治，當喬治被「牠」拖進下水道時，因為沒有找到屍體，比爾有很長的一段時間都不相信喬治已經死掉，堅持要繼續尋找。當他後來確定喬治被殺死了，那一天沒有陪伴弟弟的罪惡感便從此跟著他。或許是因為喬治的「故事」沒能好好收尾，後來當比爾成為作家時，每每寫到結局便會遇上瓶頸，就像是個無法破解的詛咒，讓他永遠無法寫出一個好的結局。

在第二次面對「牠」的過程中，比爾被迫回顧自己的童年，讓他赫然發現，自己內心最大的恐懼其實不是弟弟的死亡，而是「童年時的罪惡感」。而比爾最終也釋懷了，親手了斷眼前反覆折磨自己的兒時自我。知道即便當天沒有陪伴喬治，自己還是一個很疼愛弟弟的哥哥。

我覺得你遇到的問題可能和比爾很像，因為小時候經歷過太多次改變，讓你打從心底對於無法掌控的事感到害怕和恐懼。而每當意外發生，就像是觸碰到一個開關，讓你的心情瞬間陷入低潮，甚至影響到你接下來的判斷。

我認為你應該做的，除了要告訴自己已不再是從前那個無法掌握人生的女孩了，更可以試著學學你老公，**神經大條一點、凡事樂觀一點，因為事情本來就沒有那麼糟嘛！**

同場加映

《牠》*It*, 2017

生命中最大的傷害，往往是以愛為名的傷害。

The greatest suffering in life is often caused in the name of love.

第五場

關於自我——

翻開人生劇本，
寫下屬於我的故事

遇上不同的境遇，電影可以做為指引。
不過人生的路還是要由自己來走。想像自己是個劇作家吧！
聽完許多人的故事，這一次，換你來寫下自我的故事。

自身存在的意義

每個掌握了命運的人都做到了兩件事：
了解自己能做什麼，和認清自己該做什麼。
——《蜘蛛人：新宇宙》

Two things need to be done for anyone who wants to control their fate:
understand what you can do,
and realize what you need to do.
—*Spider-Man: Into the Spider-Verse*, 2018

水ㄤ、水某你們好：

我是大學生，對於我的人生有很多的疑問。而最大的問題，就是生命的意義到底是什麼？對我來說，人生好像是一件沒有意義的事，所有的人都一樣，被生出來、長大、學習、工作、結婚、生小孩、變老，然後死掉，再不斷地代代循環……如果最後都是要死掉，那麼現在的一切又是為了什麼呢？

因為認識一些已經出社會的人，好奇地觀察他們，但在我的眼裡，他們每天的生活就是工作。當我問他們工作的目的到底是為了什麼，大部分的回答也只是「可以過更好的生活」。不過在我看來，那樣的生活根本就不能算得上「好」啊！

親愛的你：

《蜘蛛人：新宇宙》的主角，是一名叫做邁爾斯（Miles）的少年。他一心想要成為藝術家，卻因為父親的期待而到了一所讓他覺得格格不入的菁英學校就讀。在他意外地被一隻受輻射感染的蜘蛛咬了一口之後，開始擁有像蜘蛛人一樣的各種能力，不過他也因為不知道如何控制而感到萬分苦惱。後來邁爾斯遇見了來自另一個時空的彼得・B・帕克（Peter B. Parker）。這位蜘蛛人年紀大、身材走樣，連女友瑪莉・珍（M.J.）都離開他了，這名老彼得有別於我們對蜘蛛人年輕有活力的印象，他自怨自艾又憤世嫉俗。

故事就在這位消極的中年蜘蛛人遇見急於成長的小蜘蛛人之間展開了。他們兩人的冒險旅程，不僅讓邁爾斯找到自己的生命意義，也讓中年彼得想起了初衷，再重新出發。

其實水某在高中時，因為家裡的經濟狀況不好，又是家中長女，壓力很大，一度想要逃家、遠離一切。那時雖然該專心準備聯考，但水某開始意識到生命不該只有考試、賺錢、撫養下一代，然後重演在祖父母與父母身上所看到的不幸。當時水某很瘋狂地窩在圖書館看電影，去各個教會挑戰信仰，打電話給多個公益團體，探究人生的意義是什麼。

在這探索的過程中，並沒有答案出現，水某卻也從那些想盡辦法要給答案的大人身上，看到他們自身的徬徨，就像電影中想要倚老賣老的老彼得一樣。而水某永遠記得當時聽到某位牧師所說的一句話：「要先相信，才看得見。」

原先以為這句話是在提醒人們要堅持信仰，長大後經歷了許多，看到這部電影裡，老彼得說成為蜘蛛人的祕訣，就是 Take a「leap of faith」，也就是「信念之躍」，水某才融會貫通這個道理。

原來對於生命，也需要先相信，才能「得道／到」。先相信你在這世上是有價值的、是無可取代的，再去嘗試各種事物，總會慢慢摸索出一個方向。若是根據自己有限的人生經驗，就做出「人生沒有意義」的結論，這樣豈不是太狹隘了嗎？

人生的意義來自一次次的體驗與自覺，而不是一個普世的標準答案，因為每個人都是獨一無二的個體。沉且，所謂的人生，向來沒有正確答案。這世上也一定有「只有你」才做得到的事情，這可是科學家史蒂芬．霍金（Stephen Hawking）說過的喔！

同場加映

《別讓我走》*Never Let Me Go*, 2010

信心其實很簡單，就是不要懷疑自己是否可以做得到。

Stop doubting yourself and you'll see just how easy it is to find confidence.

擺脫不了想比較的心

路是為自己走的，
不是走給別人看的。

——《人生剩利組》

Walk the path for yourself,
and not for anyone else.

— *Brad's Status*, 2017

水ㄤ、水某：

我出社會工作十年了，已經三十好幾，接連失戀又失業，決定要轉換跑道，做比較穩定的工作。因為覺得以後或許注定孤身一人，必須要有穩定的生活。

雖然已經努力了好久，但我還是對未來感到很茫然，看著別人似乎都很清楚自己在做什麼，自己卻原地踏步，總在夜深人靜時，忍不住一直滑別人快樂的社群貼文與照片，多麼希望那才是自己的人生……

親愛的你：

人是群居的動物，「與別人比較」是天性。演化的過程中要是沒有跑得比別人快，我們或許就活不下來。所以即便到現代，我們不再需要狩獵、遠離危險，但我們還是得要競爭，才能從眾人當中脫穎而出。工作要比別人好，收入要比別人多；案子要搶快，上片也要搶快；照片要比別人美，就連孩子和寵物都要比別人家的可愛！

在電影《人生剩利組》裡，布萊德（Brad）就是這樣的一個人。中年的他經營著非營利事業，有活潑貼心的妻子和成熟懂事的兒子，一家人過著穩定平凡的生活。但布萊德總是在社群平台和新聞媒體上，看著大學同學們各個出人頭地，自慚形穢於沒有任何值得一提的成就。意志消沉的他，有天終於找到機會，讓他找到一件可以拿來炫耀的事——成績優異、準備申請大學的兒子！

他決定親自帶著兒子去幾間名校準備面試，也一度沉浸在「人生勝利組」的優越感中，然而卻在兒子的無心之過，錯過哈佛面試的機會之下，讓布萊德擔憂自己僅剩的夢想就要破碎了，於是他著急地到處求助他的大學同學，過程中也被迫開始正視自己的抑鬱人生。

這個故事聽起來好熟悉、好真實，彷彿就在我們身邊，甚至有時候，我們自己都像是布萊德，會忍不住與他人比較，時常怨嘆「如果當初這樣，就不會怎樣……」。

現在的你，正值人生轉捩點。這是最好的時機能讓自己想清楚，自己到底想要做什麼、要去哪裡，就別再想別人怎麼看、怎麼期待了。況且，**我們總是從自己的角度去羨慕他人，卻沒想到別人也可能羨慕著自己所擁有的事物，只是沒說出口罷了。**

你相信嗎？讓你去體驗別人的人生之後，你會發現，其實自己的人生才是最好的，只是我們總因為忙著羨慕，而忘了珍惜。

我們兩人一直都很知足，在二十幾歲時受過傳統職場的歷練，經歷許多挫折，到了三十好幾，有機會得以探索自己對未來的想像，不管是經營粉絲頁，或是成為

YouTuber。而在每段新的旅程中，我們同樣會害怕從頭開始，也會藉由「比較」來判斷自己做得好不好，但我們最自豪的，就是從不在意自己在別人眼中是怎樣的存在，也不會刻意包裝出一個美好的假象，讓自己過得辛苦又鬱悶。

即便我們走的道路不符合社會上一般人的期待，甚至步步荊棘，充滿了風險，但我們相信**「幸福」沒有每個人都適用的答案，只有自己心甘情願的選擇。走好自己的路，追求自己的夢，不嘲笑誰，不埋怨誰，更不羨慕誰，就是一場美好的人生。**

而你也一樣，眼前有難得的幸福——時間彈性、自由自在。就好好紀念這段探索的過程。對於未來，很少有人可以停止徬徨，這只是個小顛簸，三十幾歲根本不晚，千萬別認為自己不再年輕，就這樣將就著過生活，到了四十幾、五十幾，才又後悔自己當初的選擇。

同場加映

《電流大戰》*The Current War*, 2019

不要跟著別人的腳步走，因為他要去的，不是你的目的地。

Don't follow others' footsteps;
because where he is going may not be your destination.

裝模作樣好累

人生最大的挑戰，
就是在一個試圖將你定型的世界裡，
誠實地做自己。

——《黑袍糾察隊》

The biggest challenge in life is to be yourself in a world that is trying to shape you into something you are not.

— *The Boys*, 2019

哈囉！水ㄤ、水某：

我是個混血小孩，但不知道是自己的問題，還是我在別人眼中就是不一樣，就算我再怎麼努力討好，還是沒有辦法真正地被所有人接受。久而久之，我戴上面具，裝出別人期待的樣子。

或許有一半的我不屬於這裡，所以才會一直顯得格格不入，但為了生存，那一半的我被擠壓得愈來愈小，就快要消失了。我覺得好無力，即使知道正在失去自我，卻也不知道能做什麼來挽救自己……

親愛的你：

《黑袍糾察隊》在最近眾多好評的劇集裡突出重圍，是部口碑爆表的好劇！故事敘述在一個架空的世界，被稱為「七巨頭」的超級英雄們不只真實存在，還被當成明星一樣被經營著。在大型企業的包裝下，英雄們的一切都被商業化，周邊商品與影視作品是基本盤，業配和代言更是家常便飯，就連城市都可以花錢聘請超級英雄進駐，成為當地的打擊罪犯招牌。

但就如真實的世界，任何華麗的包裝下都藏著不為人知的一面。許多英雄不只個性與形象大相逕庭，甚至還做出許多傷天害理的勾當，也因此招來一群名叫「黑袍糾察隊」（The Boys）的私刑者，試圖摘下超級英雄們的虛偽面具。

作為影集，《黑袍糾察隊》擁有更多的時間來說故事，編導花了很多心思鋪陳英雄們的心路歷程。不管是護國超人（Homelander）的出身、梅芙女王（Queen Maeve）的沉淪，乃至於潛水王（The Deep）的矛盾、高鐵俠（A-Train）的恐懼、星光（Starlight）的格格不入，都讓我們看到超級英雄人性脆弱的一面。這些超級英雄感受到自己的價值被剝奪，只剩下一個外界所期待的美好形象。日復一日，他們愈來愈厭惡戴著那張虛假面具的自己。而表面上所向無敵，內心卻一個比一個淒涼的他們，也被迫開始學習成為自己的超級英雄，才能拯救自己。

其實**沒有人願意被逼著假面生活。會這麼做，不外乎就是因為對真實的自己沒有自信，以及害怕失去別人所給予的一切。**

如果就自我論自我，不要去和別人比，真實的你有什麼不好呢？你的存在如此獨一無二，這世上就一個你，如果還要偽裝成另一個「大眾公版」，那你在這世上的價值又是什麼呢？

就像是鄰家女孩星光，從小就幻想著加入七巨頭，小時候的她，藉由警察的廣播頻道去決定要怎麼打擊犯罪，但在加入公司之後她才發現，原來公司會準確地安排好英雄出手的時間與地點，他們只要準時出現，亮出他們的超能力就大功告成。而後來她更發現，這一切都只是公司精心安排的秀而已。

一開始，星光為了不讓媽媽失望，也不想輕易放棄她一直以來的夢想，只好委屈求全。但經歷了一連串外界的挑戰之後，她也學會了不輕易妥協。因為她知道，最糟的不過就是退出七巨頭、失去名利、讓媽媽失望，但能換回的卻是踏實又自在的人生，也才是個名副其實的超級英雄。

我們相信你另一半的自己正在求救，千萬不要忽視那個聲音，因為兩者合一，你才是完整的個體；也因為有那樣的不同，才成就了這個獨一無二、不可取代的你。試想一下，有多少人能夠像你一樣，一出生就承繼了兩種文化的資產與薰陶呢？

同場加映

《老娘叫譚雅》*I, Tonya*, 2017

有些人看起來很堅強，但內心卻早已遍體鱗傷。
Some people may look strong on the outside,
but deep down they are wounded all over.

恐懼只是一時的情緒，
別讓它留下一輩子的遺憾。
——《返校》

Fear is only a temporary emotion;
don't let it become a regret for life.
—*Detention*, 2019

水尢好、水某好：

對於過去自己曾經犯下的錯感到很愧疚，不管是曾經出軌、對母親的態度，還是一路以來曾經對不起的人。

以前還小、不懂事，現在長大了，經歷了許多事，才懂得這種被所愛欺騙、唾棄的感覺。現在還可以珍惜家人，至少他們都還在身邊。但是對於那些已經離開的人，就不知道要怎樣才能贖罪了。

親愛的你：

我們推薦給你的是改編自知名同名遊戲的電影《返校》。

遊戲與電影的背景都設定在戒嚴時期的台灣，一間位處偏遠的翠華中學。學校裡以張明暉、殷翠涵為首的幾位老師和幾名學生私底下組成了的讀書會，讀著被視為禁忌的課外書，卻遭到不明人士舉發，導致了後來一連串的逮捕、刑求，乃至於處死，而這些慘事背後的怨恨與冤屈也開始在校園中蔓延，形成了有如煉獄般的牢籠，將身為學生的男女主角魏仲廷、方芮欣兩人困在幻覺與現實夾雜的詭異空間裡。

電影一開始，我們看到魏仲廷和方芮欣因為暴風雨被困在學校裡，但跟著他們的腳步探索，察覺到這座「校園」並不是人間的建築，而是由死去的人的怨念所形成的一個空間，裡面除了同樣遇害的老師和同學們之外，更有前來索取靈魂的「鬼差」等靈體。

而方芮欣其實也是被困在這個空間裡的一個亡魂，但和其他人不同的，是她忘記了死前到底發生過什麼事，卻因為一股放不下的怨念導致她不斷輪迴。在這個過程中，方芮欣漸漸拼湊出她生前的最後一段時光，也赫然驚覺自己因為父母感情不睦，加上誤會了心儀的老師，一時情緒失控所做出的舉動，竟導致同學與老師們慘遭槍決。被罪惡感吞噬的方芮欣選擇自殺，但又因為沒能正視自己的內心，使自己的靈魂被困在「校園」裡。

鬼神之說雖然虛無飄渺，但我們覺得故事裡「方芮欣」這個角色其實是在比喻現實生活中的許多人，因為各種原由而被困在目前的狀況，無法離開。他們的肉體或許沒有受到限制，但心靈卻因沒有依靠而時常感到不安，例如有些人擔心失去收入而不敢離職，有些人想被喜歡而討好他人，更有些人無法釋懷而不斷折磨自己。

電影中有句台詞：「你是忘記了，還是害怕想起來？」解答了**掙脫桎梏的唯一辦法，就是直接面對過去**。

對於那些已經離開的人，或許你可以留下訊息給他們，向他們道歉，解開過去的心結。但不要期待他們應該要回覆，或是做出什麼回應。因為受過傷的他們，也需要時間去消化你的歉意，或許一開始會因為道歉來得太晚而生氣，但過一段時間，相信他們也會找到面對過去的方式。這樣一來，你們的關係才能算是畫上一個圓滿的句點。

不管怎樣，面對過去的你，已經不是從前的自己了，雖說不能將過去一筆勾銷，但也不要因為太過自責，而讓眼前的人感到被忽視了喔！

同場加映

《我們》*Us*, 2019

把「過去」埋得愈深，浮現時的傷害就愈大。

The deeper you try to bury your past,
the greater you'll get hurt when it surfaces.

來不及說的再見

愈是珍貴的回憶，
放下時愈要慢慢的、輕輕的。
——《生日卡片》

The more precious the memory,
the more gentle you need to be when putting it down.
— *Birthday Card*, 2017

親愛的水**ㄤ**、水某：

在海外生活的某日，接到了外公過世的通知。本來想要回家去為外公上香。但家人認為人都已經往生了，也見不到最後一面，回來的意義不大。

但我一直很自責，為什麼沒有在他生病時多打電話回家陪他聊聊。我與外公特別親近，因為小時候是他照顧我長大的。自從他走了之後，我時常失眠，動不動就掉眼淚，不管做什麼事，都很容易想起他的身影。

這樣的狀態已經好一陣子了，我不想跟家人或朋友談這件事，因為那樣也只是多一個人陪我傷心難過而已。有時候我甚至會想，自己是不是刻意要這樣思念外公，因為我怕遺忘了他。

親愛的你：

我們推薦的電影是一部內斂又沉靜的日本電影，《生日卡片》。

紀子是個內向文靜的女孩，母親在她十歲時因病去世。從那時開始的每年生日，紀子都會收到母親在生前為她寫好的卡片，依據她的年歲，教她一件事，年復一年地陪伴著她長大成人。有一年要她去做志工，有一年教她化妝，有一年教她做蛋糕，還有一年拜託紀子回家鄉代替自己與同學相聚……

每年的這些活動，無形中幫助了紀子走出母親離世的傷痛，也激勵紀子用不同的方式去認識與懷念母親。

不用刻意逼著自己去走出或是留在這個傷痛之中，當你愈執著於這點，就愈難自拔，甚至你的罪惡感也會時不時把你拉回過去，折磨著自己。紀子也是如此，因為在媽媽生前，她曾經對媽媽說過很不好的話，一直很自責。每年雖然可藉由卡片假裝媽媽還在身邊，但即將滿二十歲的她，潛意識中知道終究有一天，得要認清媽媽已經離去的事實，她再也收不到媽媽的祝福。不過，她卻也在這十年間慢慢地找到自己人生的方向，將過往的回憶珍惜地保護著。

試著把對外公的思念寫下來，回想他的陪伴與教導，每天寫一封短信給他，就像你習慣打電話找他聊天一樣。不管多久，直到有一天你能好好睡了、好好生活，也能夠回憶起外公一直以來給你的愛與力量，你就能勇敢地重新開始。

我們也推薦你《百日告別》、《老師你會不會回來》兩部電影。你會發現，**對所有人來說，療傷與放下的過程，從來都不容易，但是可以藉由持續做一件事，慢慢地、輕輕地把那蒙上哀傷的回憶收藏起來，換個方式去珍惜這些過去。**

也千萬不要因為自己沒有見到最後一面、沒通過最後一次電話而鑽牛角尖，別忘記現在還在世的人，其實更需要你的關注。

同場加映

《禁入墳場》*Pet Sematary*, 2019

放手讓一個無法停留的人走，得到的會是自己的自由。

You are the one who is freed when you let go of someone who isn't meant to stay.

想要成為別人

戴面具並不可怕，可怕的是因為戴久了，
忘了自己還戴著它。

——《無雙》

If you wear a mask for too long,
you may forget you're still wearing one.

——*Project Gutenberg*, 2018

嗨，水ㄊ、水某：

我有一個交情還不錯的同學，他功課好、人緣好，就連社團或運動都玩得很出色。雖然他的外型並不特別，但我真心羨慕他。每次和他在一起，都會忍不住學他說話的方式，跟他買一樣的東西。

一開始自己沒發現，後來被別的同學當場看到，還嘻嘻哈哈地說出來了，我才發現自己居然如此，但也好討厭自己在那個當下沒有說些什麼。想到這裡，又覺得好丟臉，不知道自己怎麼會這樣？

親愛的你：

《無雙》這部電影，敘述一位不得志的藝術家李問，只會模仿別人的畫作而無法成名。沒想到他的才能卻被一個偽鈔集團的首腦，代號「畫家」的人給看上，讓他協助製作最新版的美鈔。而故事就環繞在李問、「畫家」，以及追捕他們的執法單位這幾組人馬之間鬥智鬥力。

「無雙」顧名思義，就是「只有一個」的意思，而這個概念也貫穿了整部電影：

分別是「藝術中的無雙」、「身分上的無雙」，以及「感情裡的無雙」。

「藝術中的無雙」暗諷的就是李問的仿畫。他雖然畫藝精湛，但最大的遺憾卻是沒有創作的能力，只能夠靠著模仿、抄襲知名藝術家的畫來維生。

而「身分上的無雙」指的是李問被捕，警方藉由他的口供來全力追捕「畫家」，才發現「畫家」並不是真實存在的一個人，只是李問塑造出來的虛擬角色。更準確地說，「畫家」其實就是李問，是他的第二人格，是他仿造的另一個贗品。

一直以來，李問都過著不如意的人生，才能不受重視，外表並不起眼，個性更是軟弱。他內心很明白，「李問」這個人是無法當主角的，主角必須是一個更厲害、更完美的角色，而「畫家」因此而生。

這讓我們聯想到另一部和名畫有關的電影《寂寞拍賣師》。這部電影裡面曾經說過：**「每個贗品都藏有真實的一面，造假的贗品再怎麼擬真，最終還是會透露出臨摹者的自我想法。」**

也因為這樣，李問看似無法原創，但他卻在「偽造自己」時，把內心最深層的渴望，完全投入到「畫家」這個角色身上。「畫家」具有領袖氣質，瀟灑不羈又心狠手辣，這些都是李問沒有的特質。可是在李問的故事裡，他化身成為了畫家，不只一手主導了整個偽鈔行動，甚至連「李問」這個人都只淪為了配角。

李問終其一生都在造假，他的畫作是造假的，身分是造假的，就連愛情，他也試著造假。原來李問當年根本不是阮文的男友，只是和她住在同一間大樓、默默仰慕著她的一名落魄男子。兩人不只不是戀人，甚至幾乎沒有交集。

後來當李問在泰國救出受了重傷的女子秀清，因為秀清臉部受傷而需要整容，李問出自私心，竟把秀清的臉整成阮文的樣子，還幫她偽造了身分，成為名副其實的阮文替代品。而這就是電影裡所指涉的「感情裡的無雙」。

你就是你，是無人可以取代的自己；別人也只有一個，並不需要多一個你去模仿。**而學習接受自己，找到能夠愛自己的方式，遠比終其一生模仿另一個人來得容易、輕鬆得多了**。

我們在剛開始經營 YouTube 頻道時，訂閱數增長緩慢，觀看次數與時間也都少得可憐。在喪失信心的情況之下，我們曾經試圖仿效一些影音，用較為誇張的標題來吸引人看影片，卻得到更糟的觀看時間。因為錯誤的標題吸引到錯誤的人進來，自然而然流失率很高。我們甚至還曾因為別人的影片都很短，想說應該是沒人有耐心看我們的內容，試過縮短影評長度，製作出不到三分鐘，快速的金句影片，但故事與心得都說不清楚，同樣得不到觀眾青睞。直到後來，才發現不是內容與觀點的問題，而是我們呈現與包裝的方式太過簡陋、不一致，而且嘗試的過程不夠有耐心，成效一不好，就不斷改變，像是慌了手腳般，對於尚未養成收視的觀眾來說自然會覺得很混亂，認不清我們到底是誰。

後來，我們在試錯的過程中逐步凸顯自己的特色，重拾了自信，這樣的感覺既踏實又安心。因為做自己、接受自己的好與壞，才能讓自己走得堅定又長遠，也才能迎來真實的情感。不然，就算未來以別人的形象成功、受到歡迎，內心的自己還是會不滿於這樣的虛幻與失落。

羨慕他人是正常的，但我們往往忽略了對方一定也有羨慕你的地方，只是不一定會說出口而已。別人說不定也曾表達過傾慕的想法，只是自己聽不進去罷了。

同場加映

《寄生上流》*Parasite*, 2019

當你羨慕時，他的總是比較好；當你珍惜時，你的就是最好的。

If you envy, what others have is always better;
if you cherish, what you have is always the best.

追夢的挑戰

人生總是難以捉摸。
你以為擁有的，其實正在失去的途中；
你以為失去的，卻正在來的路上。
——《樂來越愛你》

You can never figure out life.
What you thought you own, is actually leaving;
what you thought you've lost, is actually on its way to you.
—— *La La Land*, 2016

水ㄤ、水某你們好：

我退伍一陣子了，在工作方面，我想走的路與一般人的價值觀有很大落差，因此讓我身邊的人都不太認同。不管是家人、女友，大家都有自己的意見，想要影響我。獨自走在這條路上感覺好孤獨。

我覺得自己已經嘗試了許久，真的好累。但我聽過一個故事，說追夢就像挖礦，很多時候只差了幾公分就會挖到了，卻因為看不到希望，而在臨門一腳處放棄。我都是用這樣的想法在支撐自己，也有與我處境相同的電影嗎？

親愛的你：

我們推薦給你的電影，是橫掃二〇一七年金球獎，並在同年獲得奧斯卡最佳導演獎的《樂來越愛你》。

故事敘述在號稱夢想之都的好萊塢，有一對在夢想與現實之間試圖找到平衡的男女，命運的安排不只讓他們相遇，更讓他們成為了彼此夢想背後的最大支柱。但也因為兩人的夢想，使得他們產生距離，無法走在一起。

蜜亞（Mia）是一位演員，不過一直得不到演出機會的她，只能在影城的咖啡館打工，靠著微薄的薪水延續她的演員夢。賽巴斯汀（Sebastian）則是一位琴藝精湛的音樂家，但他對爵士樂的堅持每每侷限了他的事業發展。好萊塢的無情逐漸消磨掉他們對夢想的熱情，每次試鏡都不順利的蜜亞，只演過幾個無關緊要的小角色，賽巴斯汀更不得已，只能參加一些無聊的派對演出。就在此時，他們相遇了，愛情的魔力不只讓他們互相吸引，更讓他們把對方的夢想看得比自己的夢想還重要。

因為有了彼此，蜜亞和賽巴斯汀重新拾回對於自己夢想的信心。蜜亞決定發揮她寫作和演戲的天分，籌畫一部自編自導自演的單人舞台劇；賽巴斯汀則是接受高中同學的邀請，加入了他原本很排斥的流行爵士樂團做商業演出。

但兩人卻開始在各自的夢想上出現歧見。蜜亞發現根本沒人想看她的劇，反過來怪賽巴斯汀不該無限地鼓勵她，給她錯誤的期待。賽巴斯汀妥協了自己開爵士酒吧的夢想，也無法理解原本很支持他去嘗試的蜜亞，為什麼又反過來要他離開樂團。他們也發現，兩人若在一起，就更難專心在自己的工作上。

事實上，蜜亞的表演當天，寥寥無幾的觀眾中，有一名電影製作者看上她的天分，讓她可以去歐洲演出。賽巴斯汀的商業表演也讓他更接近市場，為他累積了日後開店的經驗。這些都是兩人在當下無法理解、更無法預測的走向。

電影的尾聲描繪出他們想像的不同人生結局，酸苦地述說——不管人生選擇哪條路，最終總會有些遺憾。當你選擇了向右行，總會忍不住回首，若是當初向左走，會怎樣呢？而當你選擇了回頭重新再來過，又會忍不住懷疑，當初往右的那條路走到盡頭後，會看見什麼？現在擁有的，會失去嗎？抑或是失去過的，有可能失而復得嗎？

若你選擇了一條人煙稀少的路，需要忍受一個人的孤寂感，這是自然的。而若選擇與眾人走一樣的路，就算身處於人群之中，因為待在不屬於自己的地方，強烈的對比下，你的內心只會更孤獨。

人生就像是個天秤，一邊是夢想，一邊是現實。最大的挑戰，就是在生活中試圖找到平衡。也因為人生難以捉摸，人事物來來去去，所以我們只能把握眼前能掌握的，曾經盡力過，就無需執著遺憾。

除了推薦這部電影，我們也很推薦《主廚的餐桌》系列紀錄片，每一集聚焦在不同的世界名廚身上，描述他們的故事，更涵括他們自己對夢想的堅持與挑戰、與家庭或伴侶間的平衡、追求美食與美學的極致等等。你會明白，眼前的孤寂感只是一個開端，若想要繼續走下去，就得學習面對忍耐與犧牲，在這些代價之上去盡力找到平衡。這是每個追求突破的人必經之路。

同場加映

《下半場》*We Are Champions*, 2019

夢想珍貴的地方不是實現的瞬間，而是在追逐過程中的成長。

The most precious thing about a dream isn't the moment it is realized, but the process in which you fought to realize it.

沉溺於過去榮景

不要因為走了太久，
而忘了當初為什麼出發。
——《名魔生死鬥》

Try not to forget why you set out to travel in the first place,
even when you've been traveling for a long time.
— *The Incredible Burt Wonderstone*, 2013

水ㄤ、水某你們好：

我算是個小有成就的老闆娘，過去幾年從韓國帶了許多服飾來賣。可能挑貨的眼光還不錯，也把自己當成消費者，挑選出真的會穿、實用的衣服，生意愈來愈好，分店一間間地開，每一季的新品總有老客戶等著要搶，基本上不太需要做什麼宣傳或是促銷。

而過去這兩年，生意慢慢走下坡，其實我們的運作並沒有什麼不同，猜測是附近商圈太過競爭，其他的經營者也可以拿到差不多的貨。所以我們開始調整售價，久而久之，客人與我都習慣了這樣的模式，反正有促銷就會帶來銷售。長久下來不僅利潤減少，也因為手上能運用的資金不多，久久才飛出國買貨一次。陷入惡性循環的我，曾經想過來做網購，但發現也沒有想像中的容易，就這樣一天拖過一天。

有時候看到店裡冷冷清清，店員也提不起勁，每天開店都在賠錢，就會想著乾脆把店收一收算了！但是回想起過去幾年忙碌而充實的日子，又覺得很感慨，不知道該如何是好？

親愛的你：

我們想推薦的電影是《名魔生死鬥》。伯特（Burt）從小就立志成為一名魔術師，長大後與他最好的朋友亞頓（Anton）成功在賭城一間賭場內成為駐場的紅牌魔術師，以「萬能伯特與神奇亞頓」的名號闖出一片天。但隨著時間過去，觀眾逐漸厭倦了他們一成不變的表演，也同時被一些譁眾取寵的新型魔術給吸引。嘗過成功滋味的伯特堅持不肯改變，甚至還逼走了與他一起打天下的亞頓。

但現實的殘酷很快地找上伯特，他被老闆掃地出門，在一夕之間失去對魔術的熱情和長年的友情。伯特陷入低潮，跑去賣場與養老院表演三流魔術賺取微薄的收入，卻因此遇見了當年啟發他的魔術大師蘭斯·哈洛威（Rance Holloway），重新體驗孩提時的第一盒魔術道具，回想起「帶給人們驚奇感」的熱情。

伯特由史提夫·卡爾（Steve Carell）所飾演，他將一個曾經風光無限、在例行演出與物質享受中迷失自我的空虛角色演繹得活靈活現。伯特的低落其實來自於對自己生活的不滿，數十年如一日的表演，他已經失去勇氣改變套路，認為只要有觀眾會看就沒必要改。他終日喝酒、泡妞、按摩、做造型，對表演的熱情已然消失無蹤，也不再珍惜與亞頓的友誼。

直到當年的偶像魔術大師哈洛威給他一記當頭棒喝，他才回想起，他第一次用魔術盒表演給亞頓看時，亞頓臉上那驚奇又快樂的神情，是童年時他倆夢想的起始點。

在我們經營粉絲頁的第五年，也是水某還有正職工作的時候，水尢曾經有一度感到很疲憊，或許是因為分享的工作已經上手了，少了一些外來的刺激，也還未意識到影音平台與直播頻道的崛起，每天有點像例行公事般地發文。當我們意識到社群媒體的巨大變化的時候，已經起步得太晚了。

所以那時候「那些電影教我的事」有點被讀者們給歸類在早期部落客的印象之中，尤其在Facebook平台上讀者追蹤的成長更是愈來愈緩慢。

後來也剛好因為水某的身體需要休養，在最後一份工作留職停薪一年。在這段期間，我們回去加拿大老家待上數月，一邊休養生息，也抱著開放的心態，接收新事物的刺激。在那時，我們回想起這部電影，以及曾經為它寫過的一句話：**不要因為走了太久，而忘了當初為什麼出發。**

看著伯特為重振旗鼓所做出的努力，我們每天興奮地討論著自己可以嘗試的新事物。回來後，開始專心經營YouTube頻道，換個新的方式來分享我們的心得，不僅帶給讀者們新意，也利用影音平台這個能夠有更多時間表達自己的媒體工具來逼迫自己轉型。因為得要寫得更深、動作更快，才能突破重圍，即時將好內容推播到觀眾眼前。

那時水某練習撰寫長篇幅講稿，水尢練習配音剪接，兩人一起合作，嘗試各種作法，吵了一整年的架。雖然不像電影中的戲劇效果，主角們總是能夠輕易找到解答、華麗轉身，但至少我們知道，沒有人比我們更在意，也沒有人比我們更懂「那些電影教我的事」，所以如果我們不自立自強，就只有等著被淘汰和遺忘了。

把這部重新啟發我們的電影，送給遺忘初衷的你！

同場加映

《退而不休》*Life in Overtime*, 2018

人生中的悔恨有三個階段：
無法放下的過去、不肯改變的現在、害怕追求的未來。
Regret in life can be grouped into three stages:
a past you can't let go of, a present you refuse to make changes to,
and a future that you are afraid to go after.

在複雜環境中迷失自我

人生中最難的，
就是認清自己是真的被在乎，
還是只是被利用。

——《波希米亞狂想曲》

One of the hardest lessons in life
is knowing you are really being loved,
or are just being used.

—— *Bohemian Rhapsody*, 2018

想問水ㄤ、水某：

為別人打工了幾年，存了一些錢，就把這筆錢拿去投資飲料店，不知道是自己特別幸運，還是賣飲料真的很好賺，一下子就把成本賺回，也陸續轉投資開了餐廳。但因為做餐飲的時常需要應酬，沒日沒夜的工作，讓我和妻子漸漸疏遠。更因為生意愈來愈好，店裡的事也愈來愈複雜，開始出現一些員工的問題。

其實我現在並不需要進店去處理事情，交給底下的人就好，自己心力交瘁，只想要清靜清靜，但看著自己的事業出現風險卻撒手不管的時候，又放心不下，真的有一種「沒人能理解我」的痛苦感受。

若早知道會需要付出這些代價，當初是不是就不應該做下去？

親愛的你：

我們想要推薦給你的電影，是改編自皇后樂團（Queen）真人真事故事的《波希米亞狂想曲》。

一九七〇年於英國成軍的皇后樂團，唱片在全球銷量上億張，讓他們躍身為最暢銷的音樂藝術家之一，同時也是英國史上單張專輯總銷量的榜首。

對年輕一點的觀眾來說，皇后樂團可能有點陌生，但是能和他們在音樂上的成就相比的人屈指可數，同期的英國音樂人當中，大概只有艾爾頓．強（Elton John）、齊柏林飛船（Zeppelin）、大衛．鮑伊（David Bowie）等人能和他們相提並論。而即便你不認識他們，也一定聽過他們的歌，像是〈We Will Rock You〉、〈We Are the Champions〉等，都是大型運動場合的必備金曲。

他們前衛又具有遠見的音樂風格，以及勇於嘗試的作風，不僅留下了許多膾炙人口的歌曲，更對後世的音樂有非常深遠的影響。現在樂壇當紅的幾位巨星，例如凱蒂．佩芮（Katy Perry）、女神卡卡（Lady Gaga），甚至是韓國的「江南大叔」PSY，都受到了他們的啟發。

片名「波希米亞狂想曲」是他們的其中一首代表作，不管是在意象、歌詞、歌曲結構、甚至長度（五分五十五秒），都打破了當時的常規。這首歌不僅在當時獲得極大迴響，即便過了數十年，仍然被視為是史上最複雜、評價也最高的歌曲之一。

這部電影記錄了皇后樂團的成軍與崛起，以及團員們的心路歷程。而以其中的主唱佛萊迪．墨裘瑞（Freddie Mercury）做為劇情主軸，那是因為他的經歷和其他三位團員比起來更加曲折。佛萊迪出生於東非的桑給巴爾，父母是虔誠的祆教徒，踏實而保守，和前衛不羈的佛萊迪有著明顯的反差。電影裡也曾多次呈現佛萊迪和父親之間價值觀的衝撞，以及佛萊迪表面上反抗，但內心還是渴望得到父親肯定的矛盾。

後來當皇后樂團成立之後，他們不甘心做和別人一樣的音樂，也不願意重複自己，因此不斷地嘗試新的風格，挑戰聽眾能接受的極限。在片中，他們的經紀人曾經問道，皇后樂團和其他樂團有何不同？佛萊迪回答：「我們是四個格格不入的人，為了其他格格不入的人而表演。」

在電影裡，皇后樂團的四位團員們之間像一家人般親密；而也就像家人一樣，四人常常會意見分歧，爭執更是少不了。感情好的時候會擁抱著說「我們是一家人」，憤怒時卻又脫口而出「你們不是我的家人」。只是親密歸親密，佛萊迪每每看著其他三人擁有真正的家人、妻子、孩子們的時候還是會感到寂寞。雖然他擁有瑪麗（Mary）這位紅顏知己，但性向終究無法勉強，他也只好轉而向經紀人保羅（Paul）尋求慰藉，靠著夜夜笙歌來掩飾自己的空虛。

不過回頭想想，佛萊迪其實一直以來都不寂寞，他擁有三位像家人一樣的團員夥伴，更有懂他、包容他的瑪麗。可惜對佛萊迪這樣狂熱的靈魂來說，他想要的是激情、愛情，是團員和瑪麗都無法給他的。**佛萊迪太過執著於他沒有的，反而因此推開他已經擁有的，也才導致在電影中的他愈來愈孤立、愈來愈寂寞。**

你不妨試著回想，當初開店的原因是什麼？是單純想要賺錢？還是想要拿回工作的主導權？抑或是希望能帶給消費者一些東西？當組織壯大後，難免會有更多人事問題浮現，作為主要的投資者也不可能就這樣放著不管。至於因為工作而犧牲的健康、時間或是家人，都可以攤開來審視，哪些才是真正最重要的。在電影中，佛萊迪愈放縱，反而愈空虛，他從毒品、酒精與性愛中都找不回一開始創作的快樂，以及與團員們打拚的默契。或許該是時候停下腳步好好想想了。

同場加映

《火箭人》*Rocketman*, 2019

比第二次機會還值得珍惜的，是願意給你第二次機會的人。

What's more valuable than a second chance is someone who's willing to give you one.

水丸也想問

寫在臉上的情緒

別人的期待，
不該變成自己的負擔。

——《天氣之子》

Expectations from someone else
shouldn't become the burden for another.

—— *Weathering with You*, 2019

親愛的水某：

你之前在研究人類圖的時候，說我是什麼「情緒驅動的人」，對很多事情很有熱情，但也可能只有三分鐘熱度，而且很容易受到外界影響。我還記得我當下的反應就是很不爽啊，想說我哪有？

可是仔細想想，我好像真的是這樣，每次只要看到讀者或觀眾在我們的文章和影片下留言，說他不認同我們的觀點，雖然我嘴巴上會說「歡迎提供不同意見」，但心裡還是會忍不住想「哼，你懂什麼？」，一整天的心情就此受到影響了。而且我的心情都寫在臉上，好像對身邊的人也不是很好耶，針對這樣的情況，不知道你有沒有哪部電影可以推薦給我呢？

嗨，水ㄤ：

我想推薦給你新海誠導演的最新電影《天氣之子》。

故事敘述一位從老家逃到東京的十六歲高中生森嶋帆高，在一間專門報導超自然現象與奇聞的雜誌社打工，並邂逅了一位名叫做天野陽菜的十八歲少女。陽菜在因緣際會之下，開始成為能夠讓天空隨著她的祈禱而放晴的「晴女」，而故事就環繞在他們兩人之間的感情、陽菜作為「晴女」所遇到的各種經歷，還有「晴女」這樣的角色所背負的淒美命運之下展開。

在電影的設定中，自古以來，世界各地都有著「晴女」的存在，她們的使命就是作為凡間與天空的連結，維護著氣候的穩定。而每當氣候出現嚴重異常時，晴女就必須奉上生命，犧牲自己來換回世上的安定。

一直很嚮往晴天的男主角帆高，為了追逐陽光而逃離小島上的家鄉，在陽光的盡頭處遇見了女主角陽菜，在東京打工生存的陽菜，是個象徵陽光、名副其實的晴女，兩人從此結緣，也萌生出一段刻骨銘心的戀情。

到了後來，東京的天氣愈來愈惡劣，下個不停的大雨雖然讓帆高和陽菜的「陽光外送服務」生意興隆，也讓陽菜找到了人生的使命，卻在不知不覺中地將陽菜推向死亡。因為只要多一個人祈求晴天，陽菜的壽命就會多削弱一點。

天氣的千變萬化是自然的，如果人們硬要天氣按照自己的期待去改變，勢必會常常失望。因為舉辦活動，所以希望放晴，殊不知世界上有許多人正在靠著祈雨以解決旱災；為了一己之私，就期待世界要配合自己，而當期望與結果有所落差時，就覺得自己受到虧待，衍生各種情緒。

相較下來，帆高和陽菜所祈求的，卻只是不要犧牲自己而已。在看電影的過程中，我們很容易聚焦在兩人的感情，而感到格局過於侷限在小情小愛。但我們又想，導演新海誠或許也只是在用他的作品，叛逆地向世界宣告「總是講愛情又如何？為了愛情，世界都毀滅了又如何？我為什麼要為了外界的期待去改變我想說的故事呢？」這些都像是在對他的作品有著期待的觀眾們所做的喊話。

千變萬化的天氣，就像是我們在生活中遇到的大小挫折一樣。有時候成效不好是難免的，辦公室裝潢出錯了也是難免的，別人遲到了、電梯被按走了，甚至結帳時選錯收銀台而等上老半天，也是常有的事。當然，你可以說如果早一點計畫，或是細心一些、避開尖峰時段，就不會有這些麻煩，但我們也不能保證所有事情都能照著我們的預期去發展。

如果總是因為這些不順而感到不耐、憤怒，那豈不是更虧嗎？金牛座的你，應該更能理解停損點的概念吧。若都已經有所損失，後續還要一直往心裡擱，使得這件事對你造成的影響更深遠，不就賠了夫人又折兵嗎？

除了這部電影，也推薦你蔡璧名老師解析莊子的系列作品，希望我們都能從裡面找到平靜，以及與自己的情緒相處的方式。因為，只要你心情不好，我也遭殃啊！

同場加映

《摯友維尼》*Christopher Robin*, 2018

決定一個人心情的，不在於環境，而在於心境。

What determines your emotion is not what surrounds you on the outside, but how you feel on the inside.

水某也想問

「放輕鬆」的練習

我不是沒有煩惱，
只是我不打算一直被煩惱左右
而失去了快樂。

——《尋找快樂的15種方法》

I do have worries,
but I won't let them dictate my happiness.

—— *Hector and the Search for Happiness*, 2014

親愛的水ㄤ：

我覺得我很沒有安全感，你知道的，不是對我們的感情，而是對這世界的感知，永遠處在不放心、會出事的恐慌狀態。這已經成為一種習慣，以前我不認為這是一個問題，直到年紀漸長，從上司、下屬、朋友，甚至從你口中，我才知道這樣的個性已經造成別人的困擾，或讓別人特別為我擔心。

有些人說這叫做「完美主義」，也有人說這叫做「沒有自信」，我想這應該是源自童年成長環境中的不確定性，再加上後來的工作需要，讓我得要確保所有事情都在自己的掌握中，否則無法鬆懈，甚至會緊迫盯人。

症狀如此（你應該不陌生）：很多事都會先設想最糟的情況，甚至相信最糟的狀況是最有可能發生的。事情交給別人做不放心，會一直詢問。就算把事情自己拿回來做了，完成後還會替自己「品管」。看很多東西不順眼，犯賤想要去收拾。總覺得要世界末日了，老是在清點財產與避難包，還因此忘了把重要東西給藏哪了……

我想我會嫁給你，應該也是知道自己無法根除杞人憂天的個性，所以乾脆嫁給一個樂天知命的二愣子。但每看你開開心心地過日子，除了羨慕你，還隱隱帶有妒恨感，為何老天如此不公平？

嗨，水某：

其實我覺得你最近幾年已經好很多了，應該是我的樂觀會傳染吧。不過你的問題讓我想到了幾年前看到《尋找快樂的15種方法》這部小品，覺得很適合你呢！

海特（Hector）是一個工作順遂、感情穩定的精神科醫師，雖然人人稱羨，但他卻一直快樂不起來，於是他決定展開一場一個人的旅行，去尋找幸福與快樂的真意。在旅途上，他遇到了許多形形色色的人，有脾氣暴躁的商人、魅力四射的女孩、和善好客的家庭主婦、悶悶不樂的毒梟，甚至還遇見了老朋友與前女友。

在這段旅程中，海特曾被要求要回想人生中的三段時光：快樂、悲傷與害怕，然後他才驚覺，「幸福」從來都不是一種情緒，而是所有的情緒融在一起，也就是「人生」。

從以前到現在，有許多著作、戲劇或是藝術作品，都在探討什麼是「快樂」。大家都想要幸福、快樂，卻常常不得其所，因為我們都以為「快樂」

要往外求，可能在吃喝玩樂中，可能在異國旅行中，或可能在他人身上。於是忙著賺錢以換取享受，忙著找下一段可以取悅自己的戀情，消耗完眼前的，又忙著找下一項可以刺激我們的人事物，然後就在過程中迷失了。

我所認識的每一個人，包括我自己，每天都會捫心自問：自己是不是不夠好？

「我坐在辦公室裡，扮演著主管的角色，好像很懂我在做什麼，但其實我是裝出來的，希望沒有人發現。」

「我怎麼值得這樣的愛，他總有一天會發現我的真面目而轉身離開！」

「在她的眼中，我不是一個好朋友吧，我是不是應該做更多，讓她更瞧得起我？」

「爸媽希望我這樣做，取悅他們是我的責任，不然我就不是個好孩子。」

「最近 YouTube 影片的觀看次數變少了，是不是他們看膩『那些電影教我的事』了？」

這就是每個人每天都有的煩惱，就算是再怎麼成功的人生勝利組還是很容易感到快樂難尋，因為我們都斷不了「我還不夠好」的自我否定，只是我們不一定說得出口罷了。

以前我因此煩惱的時候，都覺得自己很糟，但是自從經營粉絲頁，才從願意分享心裡憂愁的讀者們身上看到，原來每個人都經歷過這樣的過程。很多時候我們並不知道情緒的低潮源自於什麼，所以才會一直向外求解。或許，有時候這些低潮，就是在提醒我們靜下來，放空一下，才能回到一個基本面去看自己身在哪裡、幸福在哪裡。就像是電腦運轉久了，也需要更新、重新開機一樣。

我在看完這部電影之後學到最寶貴的一件事，就是永遠都不要「習慣」幸福的感覺。**每當心情不好，或是覺得煩躁的時候，就看看身邊擁有的一切：不管是我們的狗狗 Lesson 也好，老婆也好，甚至只是剛泡好的一杯咖啡，都會讓我覺得「現在」挺幸福的呢！**

同場加映

《愛，那時此刻》*The History of Love*, 2017

有些人不快樂，因為不是在追憶過去，就是在期待未來，而忘了活在當下。

People are unhappy because they're either dwelling in the past, or dreaming about the future, instead of living in the moment.

解憂電影院

那些電影教我的事，用一場電影的時間，改寫你我的人生劇本

作者 / 水ㄤ、水某

責任編輯 / 陳嬿守
主編 / 林孜懃
編輯協力 / 陳懿文
美術設計 / 張巖
內頁繪圖 / Damee Wu
內頁排版 / 連紫吟、曹任華
行銷企劃 / 鍾曼靈
出版一部總編輯暨總監 / 王明雪

發行人 / 王榮文
出版發行 / 遠流出版事業股份有限公司
地址 / 台北市南昌路2段81號6樓
電話：(02)2392-6899　傳眞：(02)2392-6658　郵撥：0189456-1
著作權顧問 / 蕭雄淋律師
□ 2019年11月1日 初版一刷

定價 / 新台幣360元 (缺頁或破損的書，請寄回更換)

ISBN 978-957-32-8670-7
ylib 遠流博識網 http://www.ylib.com　E-mail:ylib@ylib.com
遠流粉絲團 https://www.facebook.com/ylibfans/

國家圖書館出版品預行編目（CIP）資料

解憂電影院：那些電影教我的事，用一場電影的時間，
改寫你我的人生劇本 / 水ㄤ, 水某著.
-- 初版. -- 臺北市：遠流, 2019.11
面； 公分
ISBN 978-957-32-8670-7（平裝）

863.55 108017139

Lessons from Movies

Lessons
from Movies

Lessons
from Movies

Lessons from Movies